Khalil Gibran

AL-' AWASIF

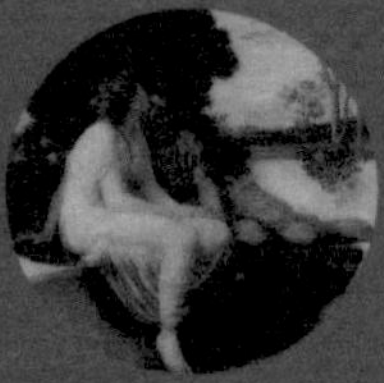

纪伯伦全集（第三卷）·阿拉伯文卷

暴风雨

AL-'AWASIF

〔黎〕纪伯伦 著　关偁 等译

全国百佳出版社
中央编译出版社
Central Compilation & Translation Press

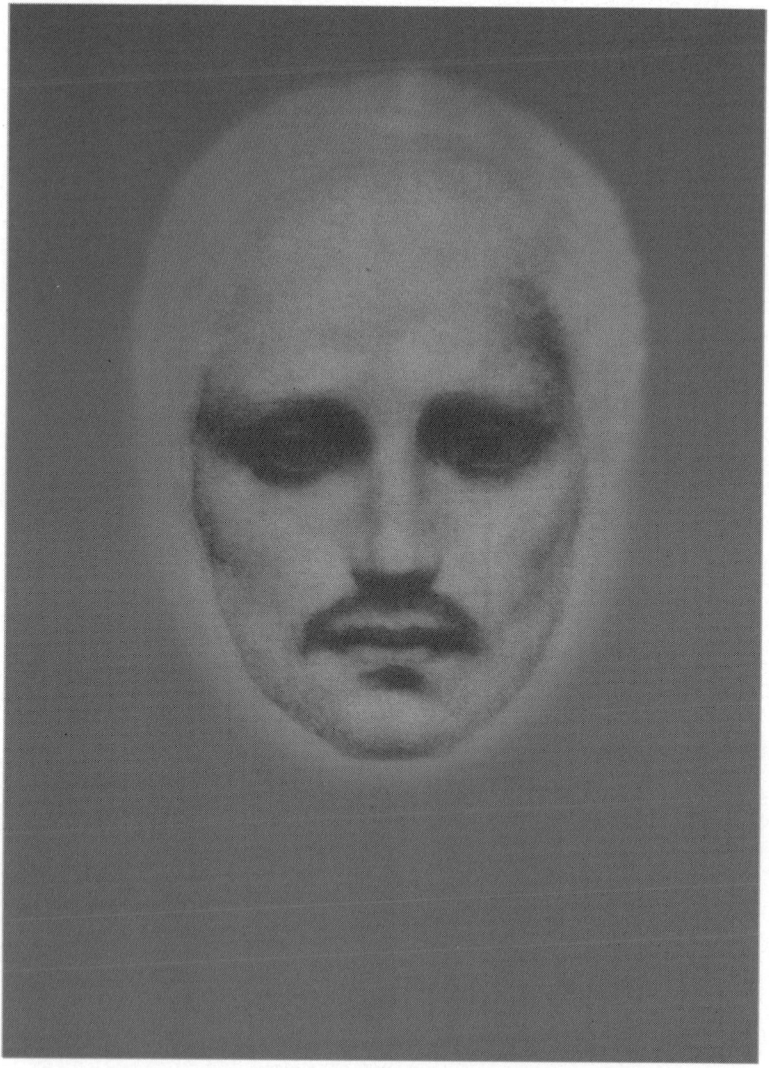

纪伯伦自画像

纪伯伦自绘作品插图

纪伯伦自绘作品插图

融会东西　别具一格

关　偶

纪伯伦·赫利勒·纪伯伦是20世纪东方和西方公认的杰出诗人和画家。他创建了阿拉伯浪漫主义和象征主义流派，开辟了通向新文学的道路，影响了几代人。纪伯伦是20世纪初阿拉伯海外文学的杰出代表，他独具一格的艺术风格，受到读者的广泛喜爱。

一　纪伯伦所处的时代

西方在15和16世纪已开始在科学、艺术、政治、社会、经济及其他方面奠定了复兴的基础。而相当长的一段时间里，阿拉伯东方几乎完全处于闭关自守状态。那里的人民生活十分贫困。在文学艺术领域，绝大多数人仿效古人，抱残守缺。阿拉伯的诗歌和散文，都一如死水，毫无生气。

16世纪末和17世纪初，黎巴嫩的统治者前往意大利，学习和了解如何使自己的国家进步，并签订包括意大利向黎巴嫩派遣专家学者在内的各种条约。意大利人在黎巴嫩开办学校，同时也接受马龙派的子弟到罗马留学。随着交流的扩大和深入，黎巴嫩的复兴在阿拉伯国家之中是比较早的。

在埃米尔[1]拜希尔时期（1789—1840），黎巴嫩出现了文艺繁荣时期。这位统治者把自己的王宫变成作家和诗人聚会的场所，经常在

[1] 埃米尔是阿拉伯语，原意是统帅，后用以称国家统治者。

那里举行讨论各种文学问题的聚会。

1860年，黎巴嫩获得独立和自治，建立了省区制度。此后，各种学校建立，新闻报道有了一定的自由，文化得到普及。当时较著名的是外国的大学，如1866年成立的美国大学和1874年迁入贝鲁特的耶稣大学。1876年，《文摘》杂志开始在黎巴嫩出版，随后又出现了若干家报纸。各种科学和文学的团体相继成立。1880年，贝鲁特建立了东方图书馆，藏有各种珍贵典籍，藏书十分丰富。

所有这些推动了阿拉伯东方、特别是黎巴嫩科学和文化的进步，唤起了阿拉伯人的爱国主义和民族主义精神，激起人们反对暴虐、追求自由的斗志。

东方知识分子了解了西方文化及其政治制度和科学文明，开始批评在旧传统束缚下的东方社会。当时，阿拉伯东方处于落后愚昧的状态中，经济萧条，精神生活贫乏，妇女处于无权地位。连年的战乱犹如雪上加霜，给黎巴嫩的社会生活带来了严重后果。西方文明固然为封建社会带来了震动，吹进了改革之风；但其消极的一面是给黎巴嫩社会带来不良影响，如社会道德的堕落，个人和家庭生活的腐败。一些文学家试图通过文学创作，抨击社会弊病，号召解放妇女，教育青年，推动社会前进。他们之中的杰出代表有布特卢斯·布斯塔尼和纪伯伦等。

二　纪伯伦生平及其家庭

1883年1月6日，纪伯伦出生在黎巴嫩北部科奈特索达大雪山遥远的美丽山村布舍里。他父亲赫利勒·纪伯伦是贫穷的牧人，经常酗酒，打骂子女。他母亲卡米拉，先嫁给哈纳·阿卜杜·萨拉姆·拉赫曼，后随他去了巴西，在那里生下布特卢斯。拉赫曼逝世后，卡米拉带着儿子布特卢斯再嫁给赫利勒·纪伯伦。

纪伯伦八岁时，他父亲被捕入狱。他九岁时，被坠下的山石砸断了肩胛骨，造成右臂终生残疾。和当时黎巴嫩大多数家庭一样，纪伯纶一家生活困苦。在西方等各种思潮的冲击下，黎巴嫩社会结构迅速解体。许多人抱着对西方文明的幻想，离乡背井，迁往美洲地区。1895 年 6 月，卡米拉也携带着四个孩子——布特卢斯、纪伯伦及其两个妹妹苏尔妲和玛丽安娜，远涉重洋，来到美国波士顿，落脚在最为贫困的唐人街。布特卢斯在一家货栈干活，纪伯伦的两个妹妹则靠缝补贴补家用。

1895 年 9 月，纪伯伦开始在奥立佛·布里斯侨民小学学习。他喜爱美国作家的小说，开始阅读《汤姆叔叔的小屋》等作品。他还在一些画家的指点下，学习绘画。不久，他在文学和艺术方面的才华就展现了出来，在学校里有了“小画家”的雅号。一位女教师发现了他的才能，便把他介绍给著名诗人和艺术活动家法尔德·荷兰德·戴。戴鼓励他为一些书籍设计封面。

1898 年，纪伯伦只身回到黎巴嫩，在贝鲁特的希克迈学校学习四年。此间，他在《觉醒》杂志上发表了最初的诗作，同时和戴保持着联系，继续绘制封面。

1901 年，纪伯伦重返波士顿。从 1902 年 4 月 4 日至 1903 年 6 月 28 日这短短的一年多时间里，他的小妹妹苏尔妲、哥哥和他挚爱的母亲相继被病魔夺去了生命。这巨大的家庭悲剧给他的精神以极大的打击，使他倍感远离祖国和失去亲人的孤独与痛苦。

1903 年起，纪伯伦开始在阿拉伯文的《侨民报》上发表第一批散文诗作。1905 年，他在波士顿举行首次个人画展。一个叫玛丽·哈斯凯尔的女子学校校长十分赏识他的艺术天赋和对绘画的深刻理解。她同纪伯伦在共同的爱好、一致的见解的基础上，结下了深厚的友谊。哈斯凯尔后来资助他赴法国深造。

1908 年，纪伯伦来到巴黎，先后在几所绘画学院进修，并曾得到欧埃斯特·罗丹的指点。他在艺术上有了长足的进步。他创作的油画《秋》获得巴黎传统的春季绘画艺术展览的银奖。

纪伯伦游览了罗马、布鲁塞尔、伦敦等文化名城，访问了当地的名胜古迹，拓展了自己的艺术视野。他十分崇拜意大利文艺复兴时期

的雕塑家、画家米开朗基罗。米开朗基罗的力作《大卫》——象征为正义而奋斗的力量——给了他极大的启迪。

在欧洲期间，他潜心研究西方文化，大量阅读各国的小说、散文和诗歌。他喜爱屠格涅夫、列夫·托尔斯泰等作家，并认为陀思妥耶夫斯基是最好的作家。他深受英国诗人艺术家威廉·布莱克的影响，以致罗丹及其朋友们称他为“二十世纪的威廉·布莱克”。

1910年，纪伯伦自法国返美。不久，他由波士顿移居纽约，栖身于艺术家聚居的贫民区——格林威治村。

1920年，纪伯伦和米哈伊尔·努埃曼等旅美的十位阿拉伯作家一起创建了笔会，纪伯伦任会长。“笔会”的会标为圆形，圆圈中有一本打开的书，书页上印有“上帝有一个人间的宝库，它的钥匙即诗人之舌。”

1931年4月10日，纪伯伦因患肺病，在纽约逝世。

三　纪伯伦的思想倾向

纪伯伦看到祖国的社会中存在着大量的不平等现象，认识到统治者凭借权力压迫人民，教会中的头面人物利用和歪曲宗教欺骗人民，统治者互相勾结攫取了社会上大部分财富。因此，他与统治者的权力和传统道德发生冲突，希望得到个性的解放，赢得民族和祖国的独立。

从巴黎回到美国后，他接触到德国哲学家尼采的著作。尼采关于暴力的主张引起他的共鸣，他便向一切信仰和宗教宣战。他揭露说，由于宗教界占统治地位的人蓄意歪曲，真实的耶稣已面目全非；他们所鼓吹的最高境界不过是虚妄和一无所有。他心目中的上帝是个纪伯伦式的诗人，富有感情并且宽宏大量。

纪伯伦崇拜自我和个人的意愿，同时把对自我的爱与对祖国的爱结合在一起。他说：“我爱故乡，爱祖国，更爱整个大地。”他认为，祖国的自由应通过个人的反抗和欲望的满足来实现。他还主张摈弃一切人世权力，希望一切国家和民族都消失。他说：“整个地球都是我的祖国，所有的人类都是我的乡亲。”他主张人们自由往来，所有的人共享地球上的财富。

在短篇小说集《草原新娘》等作品中，纪伯伦对贫苦人民寄予极大的同情，怒斥统治者有钱无心肝，发出“打倒暴政、奋起抗争”的呼声。在短篇小说集《叛逆的灵魂》中，他塑造了一群威武不能屈、立志创造美好未来的先驱者的典型，他们反抗统治者，揭露宗教的虚伪和欺骗性，抨击封建礼教的陈规陋习。该小说集中《不信教的赫里勒》的主人公斥责教会是鱼肉人民的吸血鬼，神父是助纣为虐的工具。这部小说集激怒了当局。纪伯伦的作品遭禁，他也被逐出教门。

尼采一度是纪伯伦的向导，他孤独中的朋友。尼采在他心中所激起的风暴，几乎把他从东方的土壤中连根拔起。纪伯伦曾经认为自己十分接近尼采笔下的查拉图什特拉。但纪伯伦从根本上来说，还是一位东方人，同尼采的气质不尽相同。纪伯伦作品中不乏歌颂阿拉伯各民族友好情谊的词句。他在指出东方民族当前面临的问题后，认为东方民族将是朝气蓬勃和充满活力的。

纪伯伦的人生哲学是积极的。他明确反对《圣经》中关于人生是空虚的悲观论调，而对人生和人类的未来充满了信心。他与英国浪漫主义诗人济慈不同，在《火写的字》中，提出“声名用火写在天空”。他指出，人生是克服困难，历经艰险，寻求真理，走向光明的过程。

纪伯伦崇尚“爱”与“美”。这一点在散文诗集《泪珠和欢笑》中表现得最为集中。“爱”和“美”也是他创作中最关心的主题。他认为“美”是艺术的极致，是他崇拜的主神，“美”中有真理和光明；“爱”则是圣洁的顶巅。他还认为，爱和美是他的出发点和归宿；爱和美是一对情侣，智慧则是它们的女儿；爱的力量是“幸福和光明的源泉”，“它是那样坚强不屈，春来生机勃勃，夏到硕果累累”。

《泪珠和欢笑》这部集子脱稿后，纪伯伦心中的风暴逐渐平息下来，他因愤激而痛苦的心缓慢转向深思。他为自己的浅陋感到羞惭，更加重了他唤醒世人、用智慧之果武装他们的责任感。他生活在金元帝国的底层，忍受着物质生活的匮乏，更加追求内心的自由与升华。他的这种思想与伊斯兰神秘主义——苏非派十分相似。

四　纪伯伦的创作特点

纪伯伦是用阿拉伯语和英语两种语言创作的作家。他的经历使他得以在创作时融会东西方文化，写作风格别具一格。

纪伯伦的文字优美、典雅、绚丽、流畅、洒脱。他的创作发自内心，不太注意语言的凝重，也不追求严密的科学性，而是以丰富的想象和炽烈的感情为语言涂上一层绚丽的色彩。他是驾驭语言的大师，有时歌颂，有时暴露，有时严肃，有时幽默；他的艺术风格多姿多彩，时而是汩汩的清泉，时而是熊熊的烈火，时而是幽雅的牧歌，时而是激越的鼓点。

他的散文诗几近出神入化的地步，因为他从诗歌中撷取了灵魂，从散文中借来了舒展宽松的形式，从绘画中吸取了绚丽的色彩，从音乐中找到了轻柔或昂扬的和谐节奏。因此，他的散文诗同时兼备诗美、散文美、绘画美和音乐美。

他的作品以抒情见长，其抒情性又带有强烈的主观色彩，富有个性。他常以洗练、生动的语言去说明生活中一个深刻的道理，起到劝诫警告的作用，产生发人深省的效果。其所以能如此，是因为他运用了意蕴丰富的隐喻，把抽象的事物转化为具体的形象；他巧妙地利用喻体的引申意义，启发读者回味其中的深意，获得艺术的美感。他并不侧重于形象地再现生活，而是向读者倾吐自己对生活的思考、感受和理解。

他崇尚公元 10 世纪阿拉伯诗人穆泰纳比在诗歌结构上的整一，同时又打破了传统的格律。在此基础上，他的一系列由警句、格言组成的诗歌既相对独立，又自然地有层次地从一个主题转到另一个主题，构成有机的整体。

他除了大量运用传统比喻手法外，还借鉴了西方诗歌中常见的梦幻和象征手法，交替使用逻辑思维和形象思维。因此，他的作品既有新鲜活泼的形象，又蕴含深沉的哲理。

五　纪伯伦在文学史上的地位

纪伯伦是20世纪杰出的诗人之一，当时世界上最优秀的六位英语作家之一，阿拉伯现代文学的一面旗帜。他是本世纪初阿拉伯海外文学的代表人物，也是阿拉伯现代文学史上运用散文诗体的优秀代表。

阿拉伯散文诗的兴起有其时代背景。当时阿拉伯民族处于异族的统治之下，渴求个人自由和民族的独立解放。人们在新的历史时期，要求创造新的、比较自由的艺术形式，特别是青年中抱积极的人生态度的那一部分人，尤其欢迎具有深邃的哲理倾向和精湛的艺术技巧的散文诗。以纪伯伦为代表的散文诗正是在此时应运而生，而且成为世界文学宝库中的艺术珍品。

纪伯伦等人在美洲创建的笔会对团结侨民作家和旅美派——阿拉伯海外文学的发展起了决定性的影响。而海外文学则对促进阿拉伯民族解放、社会改革运动以及阿拉伯本土文学的繁荣和发展发挥了极为显著的作用。

阿拉伯著名文学家哈纳·法胡里认为，在阿拉伯现代作家中，纪伯伦是“最有个性、最大胆的作家之一”。

纪伯伦不仅在阿拉伯东方享有崇高的声誉，在西方也有巨大的影响力。美国总统罗斯福曾称赞纪伯伦“是东方刮起的第一次风暴，席卷了西方，给我们西海岸带来了鲜花”。

六　纪伯伦在中国

早在30年代，茅盾先生就把纪伯伦的作品介绍给我国的读者了。1923年9月3日和17日，茅盾先生在《文学周刊》第86和第88期

上，发表了纪伯伦的《批评家》、《一张雪白的纸说……》、《价值》、《别的海》和《圣的愚者》等五篇寓言体散文诗的译文。这五篇散文诗均选自纪伯伦的英文作品《先驱》。

1931年9月，冰心先生所译的《先知》在上海问世。1981年《先知》中译本再版时，冰心先生有一段精辟的话：

“一般说来，年轻时都会喜欢泰戈尔，而年纪大了，有了一段阅历之后，就会转向纪伯伦。应该说，纪伯伦的《先知》、《沙与沫》与泰戈尔的《吉檀迦利》在艺术上是有异曲同工之妙的。不过，由于泰戈尔的一生比纪伯伦要顺利，生活也不像纪伯伦那样清贫，所以，我总觉得泰戈尔在《吉檀迦利》中表现的似乎更天真、更欢畅一些，也更富于神秘色彩。而纪伯伦的《先知》却更像一个饱经沧桑的老人，对年轻人讲些处世为人的哲理，在平静中流露着悲凉。这是因为纪伯伦一生经历过许多忧患。”

1949年新中国成立后，《世界文学》翻译并介绍过纪伯伦的一些作品，大多是从英文、甚至是从俄文转译的。一直到80年代初，才开始出现了纪伯伦阿文作品的译文。80年代末和90年代初，国内出现过一段介绍纪伯伦作品热。

我们有理由相信，世界文学宝库中这颗璀璨的明珠——《纪伯伦全集》会给人们以启迪。

1993年12月于北京劲松

Contents

目录

阿拉伯文卷

主编/关偶

阿拉伯文卷译序　/I

暴风雨

(1921)

刘新泉译

掘墓人　/2
奴隶主义　/7
被囚的国王　/10
十字架上的耶稣　/12
庙门前　/15
啊，夜晚　/18
迷人的女精灵　/21
自杀之前　/23
同胞们　/25
我们和你们　/28
神子和猢狲　/31
黑夜和早晨之间　/33
麻醉剂和手术刀　/38
梦　境　/44
在黑夜里　/46
龋　齿　/48
闪光的粪便　/50
节日之夜　/54
巨人们　/57

我的亲人死了 /60
各民族及其民族性 /63
逻辑哲学 /66
暴风雨 /70
魔 鬼 /80
萨勒班 /89
巴阿莱拜基诗人 /100
口蜜腹剑 /105
外套以外 /109
贪心的紫罗兰 /111
诗 人 /114
言语和夸夸其谈者 /116

奇珍异宝

(1923)

关偶译

外壳与内核 /120
我的心重负着果实 /123
岸边一抔沙 /125
雾中一叶舟 /128
七个阶段 /137
我的心灵告诫我 /138
你们有你们的黎巴嫩，我有我的黎巴嫩 /141
大 地 /145
昨天、今天和明天 /146
完 美 /147
独立与红毡帽 /148
大地啊 /150
更浩瀚的大海 /153

历史上从未有过的一年 /155
伊本·西纳和他的诗 /156
加扎利 /158
乔尔吉·泽丹 /160
阿拉伯语的前途 /162
伊本·法里德 /170
新时代 /171
孤 独 /175
有高柱的伊赖姆城 /177
我的沉默是歌唱 /191
喂，与我们为敌的人 /193
喂，心灵 /194
帷幔后的国度 /196
老年人的激情 /198
以上帝发誓，我的心 /200
夜之歌 /202
大 海 /204
鸵 鸟 /206
雄狮巨人 /208
如果你们编织 /210
名 声 /211
昔 日 /212
小溪说什么 /215

1921

刘新泉 译

关 倘 校

暴风雨

掘墓人

在布满骷髅骸骨的峡谷里，我孤身一人行走着。那是个万籁俱寂的夜晚，浓雾遮蔽了群星，令人不寒而栗。

远处，像蛇一般蜿蜒的小河，流淌着鲜血和热泪，跳跃着罪人的梦想。我聆听着幽灵的低语，茫然地注视着虚无缥缈的世界。

半夜，幽灵成群结队地涌出巢穴。我听到沉重的步履声正在向我靠近，我扭过头去，一个高大而可怖的影子赫然在我的面前。我惊叫道："你要什么？"

他的双眸有如烛火，发出熠熠光芒。等了一会儿，他不紧不慢地回答："我要一切。"

我说："放了我，你走吧。"

他微笑着说道："我的路就是你的路。你去哪里我就去哪里，你停在什么地方，我也停在什么地方。"

我说："我是来求清静的，请让我单独呆着吧。"

他讲："我就是清静，你为什么要怕我呢？"

我说："我不怕你。"

他说："假如你不怕我，为什么会像风里的芦苇那样哆嗦呢？"

我回答道：

"因为风刮着我的衣服抖动，我并没有哆嗦。"

他哈哈大笑，笑声像狂风呼啸。隔了一会儿，他说："你是个胆小鬼，怕我，而且还怕自己；你的恐惧具有两重性。可你却想对我隐瞒，你藏在细如蜘蛛丝的织网后面，藏得住吗？你又让我好笑，又让我生气。"

他随后坐在一块岩石上。我边望着他令人生畏的面孔，边强制自己坐下。

又过了一会儿——对我，这一会儿不啻是一千年——他轻蔑地望着我，问我道：“你叫什么名字？”

我说：“我叫阿卜杜拉①。”

他说：“‘上帝的奴仆’何其多啊！上帝因自己的奴仆要受多少累啊！你为什么不称呼自己为‘魔鬼的主人’呢，这样可给魔鬼的不幸上增加新的不幸。’

我答道：“阿卜杜拉是个好名字，是我诞生时父亲给我起的，我不想换别的名字。”

他随即说道：“孩子们的苦难就在于父辈的赏赐！谁不拒绝父辈的赏赐，就会成为死人的奴仆，直至到死。”

我低下头思索他的话，眼前闪现出他所说的这些事实的梦幻般的画面。他又问道：

“你的职业是什么？”

我答道：“写诗，然后传诵它。我把自己对生活的看法告诉别人。”

他说：“这是一种古老而被废弃的职业，对人来说，无益也无害。”

我便问道：“我该怎样利用白天和黑夜来有益于人呢？”

他说：“你可以把挖掘坟墓作为职业，它让活人高兴。因为你的工作，人们可以摆脱他们住所、法庭和庙堂周围的死尸。”

我说道：“我可从来没见到住所边有过死尸啊。”

他说：“你是用虚幻的眼睛去看的。你见到人们在生活的风暴前瑟瑟发抖，便以为他们还活着。其实，从诞生之时起，他们就是死人，只不过还没找见埋葬他们的人，所以一直被丢弃在地上，散发着恶臭。”

此刻，我不像原先那么恐惧了，便问道：“死人和活人都在风暴

① 在阿拉伯语里，“阿卜杜拉”意为“上帝的奴仆”。阿拉伯人及穆斯林常用它当名字。

中发抖，那我怎样区别他们呢?”

他回答：“死人在风暴中哆嗦，而活人与风暴同行，风暴平息，他才停止。”

这时，他手托着头，露出强壮的胳臂。那坚实的肌肉，如冬青槲树干一样，充满了力气和生命。过了一会儿，他问我：“你结婚了吗?”

我答道：“结了，我妻子很美，我很爱她。”

他便说：“你的错误和缺点太多了！婚姻不过是人屈服于传宗接代的奴性而已！假如你想得到解放，就休掉你的女人，独自生活吧!”

我说：“我有三个孩子，大的会玩皮球了，小的还在牙牙学语，你要我把他们怎么办?”

他随即答道：“你去教他们掘墓！给每个孩子一把铁锹，然后就随他们去。”

我说：“我忍受不了孤单和寂寞，我已经习惯同妻儿一起生活的乐趣了。假如我抛弃了他们，也就抛弃了幸福。”

他又说：“一个人同妻儿一起生活，就是用脂粉掩盖不幸。不过，假如非结婚不可，就娶精灵之女为妻吧。”

我惊愕地问：“精灵并不是真正存在的，你为什么要骗我呢?”

他立刻回答道：“你这个年轻人真笨！非精灵才不是真正存在的。谁不属于精灵，便属于疑惑和混沌不清的世界。”

我说：“精灵之女也美吗?”

他说：“她们的美永不消逝，她们的雅永不凋谢。”

我说：“眼见为实。”

他却说：“假如你能看见和摸到精灵女，我就不会让你娶她了。”

我问：“同一位既看不到又摸不着的精灵女结婚，又有什么用呢?”

他答：“那是一种徐徐而来的好处，而且那些只在风暴中发抖，而不与风暴一同前进的活物将因此灭绝。”

他扭过脸不看我。过了一分钟，他回过头问我：

“你的信仰？”

我说：“我信上帝，尊敬他的使者，热爱德行，对来世抱有希望。”

他便说：“这是祖辈编好的套话，现在由你的嘴里说出来。至于纯正的真理，那就是除了自己，不信仰其他；除了自己，不尊重其他；除了自己所爱的，不爱其他的；除了自己的永恒，不要其他的。自古以来，人就崇拜自身；但因爱好和信念不同，人给自己起了不同的名字：有时叫伯阿勒①，有时叫朱庇特②，有时叫‘上帝’。”

说完，他大笑。他的奕奕神采透过嘲弄的表情显露无遗。他接着说：“不过，那些崇拜自身——腐烂的尸体——的人是多么奇怪啊！”

我思索着他所说的这些话，时间又过去一分钟。我觉得他所表达的各种意思中，有的比生命更奇特，比死亡更恐怖，比真理更深刻。我琢磨着他的外表与德行，随之向往要揭示其间的奥秘。我大声说道：“假如你有一个上帝的话，那就看在你主的份上，告诉我你究竟是什么人？”

他说：“我是我自己的上帝。”

我随即问道：“你叫什么？”

他答：“疯狂之神。”

我又问：“你出生在什么地方？”

他答：“在一切地方。”

我问：“你出生在什么时候？”

他答：“每时每刻。”

① 伯阿勒是腓尼基人的太阳神。

② 朱庇特是罗马神话中最高的神，也就是希腊神话中的宙斯。

我问：“你从谁那里学到的智慧？是谁向你展示了生活的奥秘和存在的真谛？”

他回答：“你并不是智者，智慧只不过是弱者的某些特性。而我却是一个强大的疯子，当我走路时，大地在我脚下震颤；当我站立时，群星也停止转动。我从魔鬼那里学会蔑视人类，在同精灵的国王们交往和与黑夜里的强者作伴后，懂得了存在和虚无的奥秘。”

于是，我问道：“在这坎坷的山谷里，你做什么呢？你怎样打发白天和黑夜呢？”

他回答：“早晨，我亵渎太阳；中午，我诅咒人类；晚上，我嘲笑自然；半夜，我崇拜自我。”

我又问：“那你吃什么？喝什么？又在什么地方睡觉？”

他说：“我，时光，大海，我们是不睡觉的。但是，我们吃人肉，喝人血，以他们的喘息取乐。”

说这些话的时候，他手臂靠在胸前交叉着，站在那里。说完，他凝视着我的双眸，缓慢而深沉地说道：

“再见了！我要去魔鬼和天神合一的地方了！”

我喊起来：“再给我一分钟！我还有一个问题。”

他的半个身影已经隐没在夜色中。他答道：“疯狂之神是不给任何人以宽限的。再见。”

他从我的视线中消失，隐入茫茫黑暗。他撇下我，我茫然不知所措。

当我移步离开时，听到他的声音在巍巍群山中回荡：“再见！再见！”

第二天，我休掉了我的女人，娶一位精灵女为妻。后来，我给每个孩子一把铁锨和一把镢头，并说道：“去吧，见到死尸就把它埋入土里。”

自那时起，一直到现在，我挖墓埋死人。可是死人很多，我孤身一人，谁也不帮我！

奴隶主义

人们是生活的奴隶。奴隶主义使他们的白昼充斥了屈辱和卑贱，使他们的夜晚浸透了鲜血和泪水。

我降生已有七千年，迄今我见到的都是驯服的奴隶和戴着镣铐的囚犯。

我去过世界的东方和西方，领略过生活的阴影和光明，我见到各民族和人民走出洞穴，走向宫殿。但是，我现在所见的人们都是弯腰弓背，身体负重，戴着手铐脚镣，跪倒在偶像面前。

我追随着人类，从巴比伦到巴黎。从尼尼威到纽约，亲眼目睹禁锢他们的镣铐的痕迹，刻印在他们足迹边的沙地上。我还听到山谷和森林中传出的世世代代呻吟的回响。

我进过宫殿、庙宇和学院。站在宝座、祭坛和讲台前，看到劳工是商人的奴隶，商人是士兵的奴隶，士兵是官吏的奴隶，官吏是国王的奴隶，国王是牧师的奴隶，牧师是偶像的奴隶；而偶像是魔鬼弄来竖在骷髅堆上的泥土。

我去过富豪的宅邸，也去过穷人的草房，睡过镶金的象牙床，躺过充斥绝望阴影和死亡气息的角落。看到婴儿吮吸着掺有奴性的母乳，儿童伴着驯服接受拼音字母，少女身着用服从和受制约做里子的衣服，妇女遵循听命和屈服的法律躺卧。

我追随着许多代人，从恒河畔、幼发拉底河岸、尼罗河入海口、西奈山麓、雅典广场和罗马教堂，到君士坦丁的大街小巷和伦敦的高楼大厦，发现奴隶主义到处流行，在葬礼行列中人们奉之为神明。他们把美酒、香水倾倒在奴隶主义的脚上，尊之为国王。他们在它的偶像前焚香，称之为先知。他们对它顶礼膜拜，称之为法律。人们为它战斗搏杀，称之为爱国主义。人们向它投降，称它为上帝投

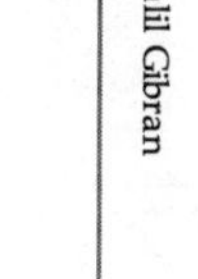

在地上的影子。他们遵循它的意志，烧掉房屋，拆毁建筑，称之为友好和平。人们为它辛勤奔波，称之为金钱、生意……奴隶主义有许多称谓，一个实义；许多面孔，一个本质。奴隶主义是永恒的顽疾，带来各种意外和创伤，如同生命、习惯的继承一样，代代相传；像这个时代的种子播撒在另一个时代中的土壤那样，这些季节收获那些季节所种植的庄稼。

在我所见的各式各样盲目的奴隶主义中，最为奇特的是把人们的现在同他们父辈的过去连在一起，使他们的精神拜倒在祖先的传统前，让其成为陈旧精神的新躯壳，一堆朽骨的新坟墓。

有一种哑巴式的奴隶主义，它将男子的光阴连在他厌恶的妻子的衣角上，把女性的身体禁锢在她仇恨的丈夫的床上，最终使双方在生活中处于鞋和脚的地位……

有一种聋子式的奴隶主义，它强迫个人服从环境，按其颜色染色，按其衣服着装，成为应声虫，形影相随。

有一种跛脚式的奴隶主义，它将强人的脖颈处于阴谋者的控制下，用功名利禄引诱强有力者服从贪婪者的嗜好，成为贪婪者手指拨弄的机器，随时可使其停滞、损坏。

有一种衰老式的奴隶主义，它将儿童的灵魂从广阔的天空降至苦难的家庭，那里有饥饿、愚昧、屈辱、愤怒，让他们在苦难中成长，生时犯罪，死时遭遗弃。

有一种画皮式的奴隶主义，它是不按价值购物，不实事求是，将阴谋称为聪明，把絮叨称作学问，把软弱称为温柔，把怯懦称为不屑。

有一种残缺式的奴隶主义，它恫吓懦夫，于是他们言不由衷，表里不一，变成家庭主妇手中随意折叠的衣物。

有一种驼背式的奴隶主义，它用外国的律法领导本民族。

有一种生疮式的奴隶主义，它给国王的儿子们加冕。

有一种黑暗式的奴隶主义，它侮辱无辜的罪犯之子。

奴隶主义属于其自身，是一种继续的力量。

当我疲倦于追随各代、懒于注视各民族的行列时，便独自坐在幻影之谷。那里隐藏着昔日的幻象，孕育着未来的灵魂。 在那里，我看到一个瘦弱的身影踽踽独行，并凝视着太阳。 我便问道；

“你是谁？你叫什么名字?”

它说：

“我叫自由。”

我又问：

“你的子女在哪里?”

它说：

“一个死了，被钉在十字架上；一个疯了，也死了；还有一个尚未出生。”

它随后隐没在云彩后不见了。

被囚的国王

被俘的国王，你别难过！比起我来，你在监牢里并不比我更难熬。

跪下吧，威严之父，坚强些！面对灾变惊慌失措，这本是胡狼的特性。对被囚禁的君主的赞美就是他蔑视监狱和狱卒。

有志气的青年人，平静些！望着我，同你囚禁在牢笼里一样，我是生活的奴隶。我们的不同在于噩梦困扰着我的灵魂，而噩梦却害怕靠近你。

我们两人都被逐出自己的国家，远离亲朋好友。别难过，像我一样忍受白昼黑夜的痛苦，嘲笑那些弱者——他们在数量上超过我们，但意志上远没我们那么坚强。

人们听而不闻，喊叫、喧闹又有何用？

在你之前，我也对着他们的耳朵高声呐喊过，除了人影之外，什么也没喊住。同你一样，我研究过各个阶层的人。我发现他们都是些胆小鬼、可怜虫，在戴手铐脚镣的囚犯面前耀武扬威，对牢狱里的人趾高气扬。

专横的君主，你看看，看看监狱周围的这些人，仔细瞧瞧他们的脸庞，会发现他们的相貌多像你的沙漠中的臣民！他们有的人胆小如兔，有的人狡猾如狐狸，有的人像毒蛇一样阴险。但是，所有这些人都没有兔子的安详、狐狸的聪明和毒蛇的智慧。

你看看，这个脏得像猪，肉不可食；这个壮如水牛，皮却无用；那个蠢如毛驴，却用双脚走路；那个像乌鸦，只在庙宇中出售它的叫声；那个像孔雀，搔首弄姿，却长着一身假羽毛。

你看看，威严的君主，你看看那些高楼大厦，都是些窄小的窝巢，而住在里面的人却以装饰的天花板挡住了星空而自豪；那些高楼大厦的墙壁坚固，阳光射不进来，里面的人却因此欣喜。那是漆黑的洞穴，青春之花在阴森中凋谢，爱情之火在角落里熄灭，美好的理想化为青烟；那是些奇特的地道，婴儿的摇篮紧挨着垂危的人的病榻摇晃，新娘的喜床贴着尸床摆放。

你看看，尊贵的俘虏，看看那些宽敞的大街，狭窄的小巷，这都是难以穿行的峡谷，盗贼埋伏的弯道，叛徒隐蔽的险要。那是各种欲望争斗的战场，灵魂在那里进行无刀剑的厮杀，无牙的咬啮。那是阴森恐怖的森林，林中栖息着各种动物，都外貌温驯，尾部芬芳，头角生光。其适者生存的法律不仅更为残酷，而且更加奸诈；其传统不是更佳更强，而是更为邪恶和虚伪。而它的君主，不是像你一样的狮子，而是一种奇怪的动物：鹰嘴，鬣狗爪，蝎子舌头，发出蛙叫声。

被囚禁的国王，我愿以灵魂把你赎回。我在你这里站久了，说的也够多的。他，一颗被囚禁的心，是被褫夺王位的君主；他，一个被囚禁的灵魂，对囚徒倍感亲切。原谅那个青年，他咀嚼话语以果腹，吮吸思想以解渴。

再见，威严的强者！在这个奇怪的世界不相会，就在幻影世界见面——那是君主之魂和烈士之魂相会的地方。

十字架上的耶稣

——写于受难的星期五

今天，每一年的今天，人们从沉睡中苏醒后，热泪盈眶地眺望着基勒吉尔山，面对着历代亡灵，遥看十字架上的耶稣……日落时分，人们跪在山脚下的偶像前祈祷。

今天，追念之情将世界各国全体基督教徒的心魂引向耶路撒冷。他们排成一行又一行，手按着胸膛，凝视着戴着芒刺桂冠的身影。他伸出双臂，面对无限，从死亡之幔的后面望着生命的深邃……但是夜幕并未降临在白昼的舞台，成群结伙的基督教徒，拥着愚昧、呆钝之被，在忘却的阴影下入睡。

每年的今天，哲学家离开阴暗的洞穴，理论家撇下寒冷的茅屋，诗人放弃幻想的谷地，肃然默立，聆听一位青年的话。他指着要杀他的几个人说：“圣父啊，宽恕他们吧！因为他们不知道自己在干什么。”……但是寂静压倒了光明之声，哲学家、理论家和诗人又都全神贯注于古书之中。

妇女酷爱生活欢乐，倾心于盛装美饰。今天，她们出门去看站在十字架前受难的女子。她苦不堪言，像一棵柔弱的小树，在冬天凛冽狂风中不停地摇晃。妇女们凑近她，听到她痛苦的抽泣和呻吟。

青少年赶时髦乘潮流来到陌生之地。今天，他们回头一看，一位孱弱的少女正用泪水冲洗一个顶天立地大汉脚上的血迹。他们见状便哄笑着离去了。

每年的今天，人们随着春天的苏醒而苏醒，站在那里为耶稣的受难而哭泣，然后闭上眼睛，沉沉入睡；而春天依旧清醒，带着微笑行走，直至夏季来临，身着黄金色服饰，散溢着芳香。

人类是一个女子，以痛悼历代豪杰为乐趣。假如人类是一个男人，则为豪杰的荣誉和英气而欢愉。

人类是个女童，见到受伤的鸟儿便伫立悲叹。她怕狂风呼啸，刮走枯枝，扫光垃圾。

人类认为耶稣是一个苦孩子，是弱者，被蔑视，是罪犯，被钉在十字架上。人们为他哭泣，替他哀悼，歌颂他。这样做，完全出于对他的尊崇。

经过十几代，人们将耶稣当作弱者崇拜；而耶稣曾是强者，他们不懂强大的实际含义。

耶稣生时不是懦夫，死时也未呼痛。他生得潇洒，死得壮烈。

耶稣不是折断翅膀的小鸟，而是狂飚，会摧毁一切翅膀。

耶稣走出蓝色的云霞，并非为了把痛苦作为生活的象征，而是把生活当作真理和自由的标志。

耶稣不惧怕压迫者，也不惧怕敌人。面对刽子手，他没有乞求怜悯。耶稣是殉教者的首领，勇敢地面对专制和暴政。他见到恶疮脓包，必定切除；听见恶人大放厥词，必定制止；遇到伪君子，必定打倒。

耶稣自光明极顶降临人间，不是为了拆毁屋宇，以其砖石建造教堂、修道院，招收壮汉充当牧师；而是把一种新的精神播撒在这个世界，以捣毁骷髅堆上的宝座支柱，拆除坟墓上的巍峨宫殿，粉碎矗立在弱者躯体上的偶像。

耶稣并不是为教会人们在简陋房舍旁边建起宏伟殿堂才降临人间；而是为了使人心化为庙宇，灵魂变成祭坛，意识成为牧师。

这就是耶稣的业绩，这就是耶稣以在十字架上殉难而追寻的原则。如果人们理智，那么今天就该欢欣鼓舞，高唱胜利凯歌。

你是被钉在十字架上的伟人，从基勒吉尔山的峰顶俯瞰各代人的队伍的观察者，各民族呼声的聆听者，永恒之梦的诠释者。你在溅满鲜血的十字架上，比千百个王国宝座上的国王都高贵威严；你虽然面对死亡，但比千百次战役中的统帅们更勇猛果敢。

你虽忧伤，但比百花盛开的春天更欢乐；你尽管疼痛难忍，仍比七重天上的天使从容潇洒；你在刽子手中间，却比阳光更自由。

你头戴的芒刺桂冠，比拜赫拉姆[1]王冠更雍容华贵；你身上的铁钉，比丘比特的权杖更崇高显赫；你脚上的血滴，比阿史特鲁特的钻石项链更晶莹明亮。请宽恕这些为你落泪的弱者吧！因为他们不了解该怎样祭奠自己的心灵。请原谅他们，因为他们不知道你用死亡战胜了死神，将生命赠给了墓中亡灵。

① 拜赫拉姆为萨珊王朝(226—651)五世国王，曾残酷压迫基督教徒，导致拜占庭人的干预。

庙门前

我用圣火洁净了嘴唇后，去谈论爱情。我想张口说话，却成了哑巴。

在懂得爱情之前，我就会唱情歌；当我懂得爱情之后，我唱出的歌词却变成了细微的喘息，心中的旋律化为深深的沉寂。

人们，过去你们曾问我爱情的奥妙何在？我的回答你们颇满意。而现在，爱情的绶带使我什么也看不清。现在轮到我来询问爱情的真谛，你们谁来回答？谁能猜透我的心思，将我的心灵展示在我眼前？

请告诉我，这是什么样的火炬，它燃烧在我的胸中，吞噬了我的气力，熔化了我的情趣？

在孤独和寂寞时分，一些粗糙又柔软的神秘的手抓住了我的灵魂，将欢乐的苦涩和痛苦的甘甜混合而成的酒注入我的心田。这是什么手？

在夜晚的寂静中，有几只翅膀在我床的四周拍打。我睡不着，注视着这陌生的东西，倾听那未曾听过的声响，凝视这不曾见过的怪物，思索着这不解的现象。我叹息，因为叹息中有烦恼与痛苦；我喜欢痛苦与烦恼胜过欢声笑语。我屈服，屈服于一种潜在的力量，它让我一次又一次地死去活来。直至黎明，屋子的四角充满光明，我才入睡。那时，苏醒时的人影，在我困倦的眼睑间发抖；梦中的幻想，在我的石床上摇晃。

我们所追求的爱情是什么？

请你们告诉我，隐藏在岁月和视野之外、安居在存在的良心里的神秘是什么？

来自一切因果的那种绝对观念是什么？

涉及死亡和生命，将生与死化为比生更奇特、比死更深沉的梦的那种清醒是什么？

人们，请告诉我，在你们之中是有这种人吗：当爱情之手触摸他的灵魂时，他依旧酣睡？

你们之中是有这种人吗：当他心爱的姑娘召唤他时，他却丢不下父母和家乡？

你们之中是有这种人吗：不愿乘风破浪，不跋涉沙漠，不翻山越岭，不穿越峡谷，去会见心上人？

有哪一个小伙子，当他的爱人——一个心灵纯净、性格柔静、声音悦耳的姑娘——在天涯海角时，他会不去见她？

当上帝接受人的祈祷，并决定满足其要求时，有谁不甘愿自焚，化作青烟？

昨天，我伫立在庙门前，向过往行人探询爱情的秘密。

一个体形瘦小、面容清癯的中年人经过我面前，他叹息道："爱情是一种天赐，我们从原始人那里继承了它。"

一个体格强壮、肌肉发达的青年人经过我面前，他吟唱道："爱情是一种决心，同我们形影不离，把人们的现在、过去和将来连接在一起。"

一位满目凄凉的妇女经过我面前，叹息道："爱情是一种致命的毒药，盘踞在地狱洞穴里的黑蛇吸食了它，将其喷洒在天空，然后降下落在露珠上，干渴的灵魂吸食了它，醉一刻，醒一年，然后永远死去。"

一位面色绯红的少女经过我面前，她微笑着说："爱情是多福河之水，黎明新娘将其注入强壮的灵魂里，灵魂便蒸腾向上，凝聚在夜晚的星空下，欢歌在白昼的阳光中。"

一位身着黑衣、胡须长垂的男人经过我面前，他愁容满面地说："爱情是一种盲目和愚昧，它随青春而始，伴青春而终。"

一位容貌俊秀、神采奕奕的男人经过我面前，他欢欣地说："爱情是一门高深的学问，它擦亮我们的眼睛，使我们看到神所见到的一切。”

一位盲人拄着探棍经过我面前，痛哭道：“爱情是浓雾，将人的心灵团团围住，遮住了自然的美景，人们只能看到自己在岩石间晃动的身影，只能听见深谷传来的自己喊叫的回声。”

一个怀抱六弦琴的青年经过我面前，他哼着曲子说：“爱情是神奇之光，它发自内心深处，照亮人的感官，人从而发现世界是行进在绿色原野上的队伍，人生是白日梦幻。”

一个驼背老人，拖着沉重的步子经过我面前，他的脚似乎有病，他哆嗦着说：“爱情是坟墓里的僵尸，是永恒世界里的静止灵魂。”

一个五岁的儿童经过我面前，笑着喊：“爱情是我爸和我妈，只有我爸和我妈才懂爱情。”

白天，人们经过庙宇，每个人诉说自己对爱情的看法，都想按个人的愿望揭开生命的秘密。

夜晚来临，行人绝迹，庙里传出声音：“生命是两个一半：半个僵化不动，半个在燃烧，爱情就是那燃烧的一半。”

我走进庙里，跪下膜拜，大声祈祷：“上帝！把我化为圣火之食。神啊！把我化为圣火之食。阿门。”

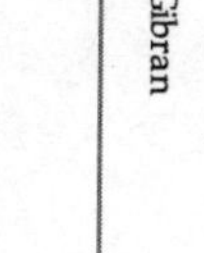

啊，夜晚

情人、诗人、歌手的夜。

幻影、灵魂、想象的夜。

渴求、钟爱、思恋的夜。

巨人啊，你站立在傍晚乌云与黎明新娘之间，犹如鹤立鸡群。你佩戴锋利宝剑，头顶月亮桂冠，身披寂静长袍，用一千只眼睛注视生命的深处，用一千只耳朵倾听死神和不存在。

你是黑暗，让我们看到上天的光辉。白昼光明，却以大地的阴影把我们遮掩。

你是希望，面对无限的恐惧，让我们开阔了眼界；白昼虚幻，在度量的世界里，让我们像盲人一样止步。

你镇定，以静默揭示在上天遨游之灵魂的隐秘；白昼喧嚣，面对彷徨不前者，总呐喊他们奋勇向上。

你公正，将弱者的美梦同强者的意愿集合在睏神的怀抱之中。你仁慈，用无形的手指闭上不幸者的眼帘，将他们的心灵带往比这世界更温和的地方。

在你蓝色的衣褶里，恋爱者敞开心扉；在你被露珠浸湿的双脚上，寂寞者抛洒出泪滴；在你弥漫着河谷幽香的手掌里，异乡人不再有思念和眷恋的叹息。你是爱慕者的好友，孤独者的亲人，异乡人的伴侣，寂寞者的挚友。

在你的身影下，诗人的情感起伏；在你的双肩上，先知们的灵魂苏醒；在你的发辫里，理论家的智慧勃发。你为诗人输送辞藻，为先知递上启迪，给理论家和观察家以提示。

当我厌烦人类，眼帘因困倦而睁不开看白昼时，便走向遥远的旷野，那里有先人的灵魂安息。

我站在那里，看见一个黑色的庞然大物，生有一千只脚，摇摇晃晃走在平原和山谷间。

我凝视着远处幽暗之地的眼睛，聆听无形翅膀的扇动，感觉到沉默之神衣服的拂弄，鼓足勇气面对静夜的恐怖。

夜啊，我在那里看到了你。你是一个巨人，头刺青天，足踏大地，摩挲云雾；你讥讽太阳，嘲笑白昼，蔑视通宵达旦跪在偶像前的奴隶，斥责身着绫罗的君王，横眉冷对盗贼；你忠诚地守护在儿童的枕旁，为烟花女子的强颜欢笑泪湿衣襟，为情侣的哭泣一展笑颜；你发誓要抬举心胸宽阔的男子汉，要用双脚踏上心地狭窄的小人。

夜晚啊，我在那里看到了你，你也见到了我。你是我威严的父亲，我连做梦都想成为你的儿子。我俩之间有形的屏障已经拆除，我们脸上的猜疑的面纱已经摘除。你向我袒露了你的心迹，我向你倾谈我的希冀。后来，你的威严变成比鲜花更美、比低语更甜的旋律；我的恐惧化为比小鸟还安详、可爱的柔情。你把我举起放在肩上，让我倾听，叫我眺望，要我畅谈。你告诉我，要爱人所不爱，恨人所不恨。你抚摩我的头，我浮想联翩，思绪驰骋奔腾，冲走秋草黄叶。你的双唇亲吻我的灵魂，我的灵魂翩翩起舞，化为火炬，烧光枯木。

夜晚啊，我陪伴着你，直至变得像你一样。我爱你，同你意气相投，我是你的缩影。

在我黯淡的心中缀满闪光的星宿，夜晚降临，爱神把它们装饰到苍穹；黎明初起，恐惧之神把它们收起。在我心中有一轮圆月，有时在乌云缝隙中闪现，有时沉没在幻想的旷野。我那不眠的灵魂是静谧，展现了爱慕者的心愿，传出了崇拜者祈祷的回声。我的头部戴有神奇外壳，被垂危者的喘息声撕裂，返老还童者的歌声又使之愈合。

夜晚啊！我像你一样，人们猜测我因此自豪；而他们则以似熊熊烈火为荣。

我同你一样，我们都是无辜的被告。

我同你一样，有相同的爱好、性格、理想和品德。

我同你一样，尽管我不拥有金色晚霞桂冠。

我同你一样，即使早晨没有给我的衣角染上玫瑰色。

我同你一样，虽然没有系上银河腰带。

我是夜晚，温柔、舒展、寂静、紊乱。我的黑暗没有起始，没有终点。当人们眼睛闪光，斗志昂扬时，我的灵魂却黯然凄凉。

夜晚啊，我同你一样，没有早晨，直至寿终。

迷人的女精灵

迷人的女精灵，你带我去什么地方?

我跟随着你，走着崎岖的道路，怪石嶙峋，荆棘丛生，向上攀登，又降至深谷，我们要走到何时?

我抓住你的衣角，宛如孩子跟着母亲紧随你身后，忘记了自己的理想；我盯着你俏丽的面孔，对在我头的周围晃动的人影视而不见。我被你身体里一种神秘的力量牵引着。

请稍停片刻，让我仔细看看你的容颜。你看我一小会儿，也许我能从你的眼睛里看到你心中的秘密，能从你的外貌理解你心灵的奥妙。

请稍停一会儿，我走累了。我的灵魂因路途的艰险而发抖。请停下，我们到了十字路口，是死神拥抱生命的地方。我再也不往前迈一步了，直至我与你肝胆相照，了解你的意思。

请听我说，迷人的女精灵。

昨天，我还是一只自由的小鸟，盘桓在小溪上，翱翔在天空中。夜晚，我栖息在枝头，眺望着太阳于黄昏时建造、落日前捣毁的五彩霞之城里的高楼大厦和庙宇。

我还像思想，独自驰骋于世界的东方和西方，为生活的美好乐趣欢欣，探索着世界的一切隐秘。

我又似梦幻，在夜幕下奔波，我从窗户的缝隙，来到少女的闺房，戏逗她们的情感；尔后又坐到青年人的床边，影响他们的追求；我又坐在老年人的床边，探询他们的想法。

今天，迷人的女精灵，我遇到了你，因亲吻你的手而中毒，我变成一名俘虏，拖着镣铐来到一个陌生的地方。我成了一名醉鬼，还

想再喝让我丧失理智的酒水，再亲吻抽打我的面颊的手掌。

但是，迷人的女精灵，请停下，我已恢复了体力，砸碎了磨破我的双脚的镣铐，粉碎了我欣赏的使我中毒的酒杯。你要我做什么，走哪一条路？

我已恢复了自由，你可乐意我成为一个自由的伙伴——直愣愣地盯着太阳，手不发抖地抓着火？

我重新敞开自己的心扉，你要陪伴一个白天像鹰盘桓在山顶上，晚间像狮子躺卧在沙漠中的青年吗？

你满足于这青年的爱情——他视爱为朋友，而不让爱成为主宰吗？

你乐意要一颗既不屈服也不怕火烧——烧不化——的狂恋的心吗？

你愿意要一颗坚韧之心，它在暴风雨下摇晃，但不被斩断；它随狂风飘舞，但不会被连根拔掉？

你愿意我是一个主人——既不崇拜别人，也不被别人崇拜的人吗？

那么，这是我的手，请用你好看的手牵着它吧。这是我的躯体，请你用你柔软的双臂搂抱它吧。这是我的嘴，请你长久、不出声地深深地吻一下吧。

自杀之前

昨天，在这间宁静的房间里，我心爱的女人坐着。

她美丽的头靠在柔软的玫瑰色的枕头上，手端着水晶杯，大口饮着掺有香精的酒。

这是昨日的事，昨日是一去不复返的梦。而今天，我心爱的女人已经去了遥远的地方，那里空旷、荒芜、寒冷，人们称为遗忘国。

我心爱的女人的指纹还印在水晶玻璃杯上，她芳香的气息还留在我的衣服里，她的音容笑貌还在这间房间里回荡。可是，这个女人——我心爱的——已去了遥远的地方，人们称之为流亡和忘却国。而她的指纹、香气和倩影将留在这个房间里，直至明天早晨。到那时，我将打开家中窗户，让强风横扫这个富有魅力的美女留下的一切。

我心爱的女人的画像仍旧挂在我的床边。她寄给我的情书还收藏在镶嵌着玛瑙、珍珠的银匣里。她送给我的爱情信物——一绺金发从未离开过锦缎香囊。所有这些都将留下，一直留到明天。当黎明来临时，我将打开家中窗户，让阵阵强风把这些带到虚无世界的黑暗中去，带到哑神的地方。

青年人，我心爱的女人同你们的意中人一样，是上帝创造的奇异女性，她有鸽子般的温柔驯服，毒蛇般的反复无常，孔雀般的艳丽妩媚，豺狼般的凶狠残暴，白玫瑰般的美丽多彩，黑夜般的阴森恐怖，再加一把炭灰，一勺海水泡沫。

在孩童时期，我就认识了她。我随着她在田野里奔跑嬉戏，我拉着她的衣角在大街上流连徜徉。

在少年时期，我在字里行间看到了她的形象，在天空乌云的缝隙间欣赏着她的身影，在溪水流淌的淙淙声中倾听她悦耳的声音。

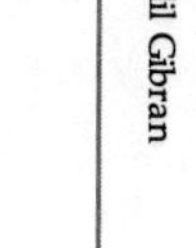

在青年时期，我同她促膝谈心，彼此交流，互诉衷肠。

所有这一切都发生在昨天，昨天是一去不复返的梦。今天，我心爱的女人已经去了遥远的地方，那里空旷、荒芜、寒冷，人们称之为遗忘国。

我心爱的女子名叫生命。

生命是奇异的美女，令我们为之倾倒。她为我们许下许多愿。若不兑现，我们失去耐心；如能兑现，我们乐此不疲。

生命是一个女人，用情人的泪水沐浴，用情死者的鲜血洒身。

生命是一个女人，身着白昼为面、黑夜为里的衣服。

生命是一个女人，愿同人交心，不与人结为终身伴侣。

生命是一个妓女，尽管有几分颜色，但若见她淫荡，定会憎恨她的美丽。

同胞们

同胞们，你们要我做什么？

你们是要我空洞的诺言为你们盖起座座以言词为装饰的宫殿、以幻想为栋梁的高楼呢？还是要我去夷平骗子和懦夫建造的空中楼阁，摧毁流氓歹徒拼凑的迷宫呢？

同胞们，你们要我做什么？

我是像鸽子般咕咕以取悦你们呢？还是遂我心意如雄狮一样怒吼呢？

我曾为你们歌唱，但你们并没有翩翩起舞；我曾当你们的面哀号，你们却不哭泣。难道你们要我同时歌唱和哀号吗？

你们的心灵饥饿难忍，而知识的食粮如谷地里的石头俯拾即是，但是你们却不吃；你们的心灵干渴难耐，生命之泉灌溉着你们的田园，你们为什么不去畅饮呢？

海有潮汐，月有阴晴，时有冬夏，而真理不变不移不消失。你们为什么要丑化真理呢？

在寂静的夜晚，我招呼你们，让你们观赏满月的美景和群星的璀璨，你们却惊慌地从床上跳下来，剑拔弩张地大喊："敌人在哪里？让我们同他们拼吗？"清晨，敌人大兵压境，我招呼你们，你们却不愿起床，继续做自己的美梦。

我对你们说过："来吧！让我们攀上峰顶，我让你们看看世界上别的王国的样子！"你们却回答说："我们的祖先生活在这山谷的底部，死在沟壑间，埋在洞穴里。"

我对你们说过："走吧！让我们去平原，我要让你们看金矿、宝藏！"你们回答道："平原上有小偷和劫道的强盗。"

我对你们说过："来啊！让我们去海边，大海会向我们献上它的

财宝。”你们回答说：“波涛拍击声吓得我们灵魂出窍，茫茫大海深不可测，会把我们淹死。”

同胞们，我过去热爱你们；这爱害了我，于你们也不利。今天，我恨上你们了；这种仇恨像洪水，冲走枯枝朽叶，推倒摇摇欲坠的房舍。

同胞们，我过去可怜你们的懦弱；这种可怜使懦弱者有增无减，他们愈发懒散、消极，于生活无补。如今，我见到你们懦弱，只有憎恶和可耻的感觉。

我曾为你们的屈辱、失意而哭泣。我的泪水如溪水奔流，似水晶般清澈，却洗不掉你们的尘垢，只冲掉眼睛上的遮障；它沾不湿你们的铁石心肠，却溶化了我心中的焦灼。如今，我对你们的痛苦报之以大笑，这笑声如雷鸣，不是在风暴之后，而是在它之前。

同胞们，你们要我怎么样?

你们是要让我使你们在平静的池水中照一下面孔吗？请过来，你们是何等丑陋啊!

快来吧，仔细端详一番，畏惧使你们的头发灰白，担忧把你们眼睛变成黑洞，怯懦使你们的面颊似破布般皱褶。死神亲吻你们的嘴唇，你们的嘴唇变得枯黄，好似秋天的落叶。

同胞们，你们要求我做什么？进一步说，你们对人生又有什么要求？人生已不把你们当作自己的子孙了。

你们的灵魂在教士、巫师的掌心里瑟瑟发抖，你们的躯体在暴君、刽子手的利齿间颤动，你们的国土在敌人和征服者的铁蹄下战栗，你们还怎么希望站在太阳面前?

你们的宝剑在鞘中生锈，你们的长矛断了头，你们的盾被埋进土堆，你们为什么还站在战场上？

你们的宗教是沽名钓誉，你们的世界是一个骗局，来世是烟云。对可怜的人来说，一死百了，你们为什么还活着？

人生是决心与青春为侣，勤奋同壮年相连，智慧伴随着老年。而你们，同胞们！你们刚诞生就变得老朽，你们的头随即变小，皮肤收缩。 最终变成了在污泥里打滚，乱扔泥巴石块的顽童。

人类如江河奔腾，挟泥沙，裹崇山峻岭之奥秘一泻千里，进入大海深处。 而你们，同胞们！却是发出恶臭的泥沼，虫豸蠢动，毒蛇乱窜。

心灵是圣殿中的一团炽烈的火，吞噬干柴，借风施威，照亮了神的面庞。 而你们的心灵，同胞们却是随风飘散的灰烬，落到雪地上，被狂风吹散在山谷中。

同胞们，我憎恨你们，因为你们憎恨光荣和崇高。

我鄙视你们，因为你们自暴自弃。

我是你们的敌人，因为你们是神的敌人，却不自觉！

我们和你们

我们是忧愁之子，你们是欢乐之子。

我们是忧愁之子，忧愁是神的影子，不在邪恶之心旁边居住。我们有痛苦的心。痛苦巨大，小小的心灵无法容纳。我们哭泣，我们悲痛，欢笑的人们哪！谁以泪洗面，谁就永远洁净。

你们不认识我们，而我们了解你们。你们随生活之河疾速走去，不回头望我们一眼；而我们坐在岸边，望着你们，听你们的声音。你们的耳朵里充斥着岁月的嘈杂声，听不到我们的呐喊；而我们因黑夜的低语使我们听觉更加灵敏，能听到你们的歌唱。因为你们站在黑暗的光明中，我们看见你们；而我们坐在光明的黑暗中，你们看不见我们。

我们是忧愁之子。我们是先知，是诗人，是音乐家。我们用心灵之线编织神灵的衣衫，用胸中的种子撒满天使的谷仓。你们——你们是欢乐和消遣的清醒之子——把自己的心置于幽静的手中，因为幽静之手柔嫩；你们乐意靠近无知，因为无知之家没有能照出你们面孔的镜子。

我们叹息着，鲜花的低语、树枝沙沙声和小溪流水声同我们的叹息一起上升；而你们在欢笑，骷髅的粉碎声、镣铐的撞击声、深渊发出的响声同你们的大笑声混在一起。

我们啼哭，我们的泪水倾流在生活之心中，就像露珠从夜晚的眼帘落在拂晓的心肝；而你们在微笑，从你们微笑的唇边流露出讽刺，如同毒蛇的毒液滴在被蜇者的伤口上。

我们啼哭，因为眼见寡妇的不幸和孤儿的苦难；你们欢笑，因为只见到金子闪光。我们啼哭，因为耳闻穷人的呻吟、受压迫者的呼叫；你们欢笑，因为你们只听到杯觥交错。

我们啼哭，因为我们的灵魂同身躯分离；你们欢笑，因为你们的身体乐于同泥土相连。

我们是忧愁之子，你们是欢乐之子。来啊，把我们忧愁的根源和你们欢乐的成果放在太阳面前。

你们用奴隶的骷髅建造了金字塔；金字塔今天坐落在大漠上，向历代述说我们的不朽和你们的灭亡。我们借助自由战士的手臂摧毁了巴士底狱；各民族重复巴士底狱这个词，祝福我们，诅咒我们。你们在弱者的躯体上筑起了巴比伦空中花园，在勇士的坟墓上建起了尼尼威宫；啊，巴比伦、尼尼威成为沙漠上骆驼足迹的随伴。我们用玉石雕成了阿史特鲁特雕像，使玉石静中有动，无声有言；我们拨琴弦演奏纳哈温德曲，乐曲唤来翱翔蓝天的知音者的英魂；我们以线条和色彩勾画出玛利亚，线条如女神的思想，色彩如天使的情感。

你们迷恋娱乐场，娱乐场的爪子在罗马和安塔基亚的舞台上粉碎了成千上万名烈士。我们追随安宁，安宁的手指编写了《荷马史诗》、《约伯记》和《塔韵长诗》。你们与淫荡同床共枕，淫荡的风暴把数以千万计的妇女行列卷进耻辱和败坏的深渊。我们拥抱孤独，在隐居的环境中完成了《悬诗》①、《哈姆雷特》和《神曲》。你们同贪欲夜谈，贪欲之剑开凿了千条血河。我们与幻想为友，幻想之手从天国的光环上摘下了智慧。

我们是忧愁之子，你们是欢乐之子。我们的忧愁和你们的欢乐之间，障碍重重，道路崎岖，你们的华丽马车无法通过。

对你们的心胸狭窄，我们表示同情。你们憎恨我们的豁达。在我们的同情和你们的憎恨之间，时光进退维谷。

我们接近你们，把你们当作朋友。你们攻击我们，把我们视为敌人。在友谊和敌对之间，有一条充满泪水和血污的鸿沟。

我们为你们建造高楼，你们为我们挖掘坟墓。在大楼上的堂皇

① 《悬诗》是阿拉伯蒙昧时期(约公元5至7世纪)七篇(一说十篇)著名长诗的总称，被认为是伊斯兰教创立之前阿拉伯诗歌的精华和代表。

和坟墓的阴森间，人道主义的铁足在穿行。

我们用玫瑰撒满你们的路，你们用荆棘为我们铺床，真理在玫瑰花瓣和荆棘间长眠不起。

开始，你们以粗鲁的软弱对付我们柔顺的刚强，你们压倒我们一时，似青蛙鼓噪。而我们永远地战胜了你们，像巨人默不作声。你们把耶稣钉在十字架上，围着他、嘲笑亵渎他。但过后，耶稣从十字架上走下来，像巨人般行走，以精神和真理征服人们，将荣耀和美好洒满大地。

你们毒死了苏格拉底，用石头砸死了保罗，处死了伽利略，暗杀了伊斯兰第四位哈里发阿里·本·艾比·塔里布，绞死了米达哈特帕夏①。如今，这些人像胜利的英雄面对着永恒活着。然而你们，像泥土中的尸体活在人类的记忆中，不知是谁将它们埋在遗忘和虚无的黑暗中。

我们是忧愁之子。忧愁是乌云，把吉祥、智慧之甘露降在世界上。你们是欢乐之子。无论你们的欢乐怎样上升，总像烟柱，被风和其他因素所摧毁，变得无影无踪。

① 米达哈特帕夏(1822—1884)，奥斯曼帝国宰相，制定了土耳其第一部宪法。

神子和猢狲

时代多奇妙，我们多奇怪！世道变了，我们变了。时代前进了，带着我们进步了。时代揭掉自己的面纱，让我们忘记烦恼，欢乐开怀。

昨天，我们曾抱怨和害怕时代，今天则热爱和珍惜它，并且了解了它的目标、气质，知道了它的奥秘所在。

昨天，我们还像在阴森可怖的夜晚和令人生畏的白昼里瑟瑟发抖的幻影小心翼翼地爬行；今天，我们朝气蓬勃地向山顶前进，那里隐蔽着狂风暴雨、电闪雷鸣。

昨天，我们吃着和血的面包，喝着掺泪的水；今天，我们从晨女的手中接过美味佳肴，畅饮芳香的佳酿。

昨天，我们是命运手中的玩物，命运是个醉鬼，将我们随意摆弄；今天，醉鬼已经清醒，我们同他戏耍，同他欢乐共处。

昨天，我们在偶像前焚香，向怒神献牲；今天，我们为自己焚香献牲，因为至尊至大的神的庙宇已屹立在我们心中。

昨天，我们顺从君主，对权贵俯首帖耳；今天，我们只服从真善美。

昨天，我们在星相家面前落泪，害怕他们的胡言乱语；今天，世道变了，也改变了我们，我们只注视阳光，只听大海歌唱，只随狂风起舞。

昨天，我们拆除心灵中的凉亭，为先辈筑墓；今天，我们的心灵是神圣的祭坛，过去的阴魂无法靠近，腐朽的手指不能触摸。

我们过去是默默无闻的思想，隐蔽在遗忘的角落；现在已变为天空为之发抖的声响。

我们过去是灰烬中的一颗火星，现在已变为沟底山坡熊熊燃烧的

大火。

我们熬过多少个不眠之夜，头枕泥土，身覆雪片，为失去的友谊和口粮痛哭。我们度过多少个白天，像无人放牧的羊只，卧在地上，咬啮自己的思想，咀嚼自己的情感，仍然饥渴难忍。有多少个白天黑夜，我们站着哀悼凋谢的青春，向往孤苦伶仃的人们；我们不知是何原因，凝视漆黑的苍穹，聆听寂静和虚无的呻吟。

许多代人，如出没墓地的狼只飞快掠过；而今日，天空晴朗，我们变得清醒，高枕无忧，遐想联翩，想象驰骋。火把在我们周围晃动，用不抖动的手指可触及到；精灵的魂魄在四方升腾，用真实的语言与我们交谈；天使的乐队经过我们面前，我们为之神往和陶醉。

我们昨天是那样，今天变成这样，这是神对他的儿女的希望。猴子的儿女们，你们有什么主张？

自从你们从地缝中进出之后，可曾前进过一步？自从魔鬼扒开你们的眼睛以后，可曾抬眼仰望过一次？自从毒蛇亲吻你们的嘴巴以后，你们说过一句真理吗？自从死神塞住你们的耳朵以来，你们可曾有一刻聆听到生命之歌？

七万年之前，我看见你们像昆虫一般，在山洞的角落里翻滚。

七分钟之前，我透过玻璃窗看见你们正在肮脏的小巷里行走，无名鬼魅在前面带路，奴隶的镣铐妨碍着行动自由，死神在你们头顶上鼓翼振翅。你们的今天如同你们的昨天，明天也将一如既往，就像我们看见你们刚开始的那样。

我们昨天是那样，我们今天变成了这样。这是神对他的子女的法则。猴子的子孙们，你们的法则是什么？

黑夜和早晨之间

别出声，我的心！宇宙不听你的。

别出声，号啕大哭的人受不了你的歌声。

别出声，夜间的幻影不关心你的低语，黑暗的行列不会在你的美梦前止步。

别出声，我的心！闭上嘴，直至早晨。 谁耐心等待早晨，必定会健康地遇见它；谁受光明的宠爱，必定热恋光明。

别出声，我的心！听我说：

在梦中，我看见鸵鸟在蒸腾的火山口上高声吟唱。

我看见百合花昂首在雪山顶峰。

我看见赤身仙女在坟墓间跳舞。

我看见儿童笑着玩弄骷髅。

我看见这些，我正在梦中。 当我醒来之时，环顾四周，见到火山喷发，但听不到鸵鸟鸣啭，也看不见它展翅高飞。

我见天空飘雪，撒满田园和山谷，白色殓衣裹住了百合花的僵尸。

我见到坟墓一行行地排列在沉寂时代前面，没有人婆娑起舞，也没有人祈祷下跪。

我见到骷髅堆成的小山，除了风的呼啸，无人欢笑。

我醒时看到的是忧愁和悲哀，梦中的欢乐和喜悦都跑到什么地方去了？

睡梦里的欣喜什么时候消失，梦中的景象怎样消失殆尽？心灵如

何忍耐才能使梦中的愿望和理想再现?

听着，我的心，请听我说：

我昨日的心灵是一株强壮的老树，扎根于地球的深处，枝叶伸展至无穷远。

我的心灵在春天开花，夏季结果。当秋天来临，我将果实放进银盘，搁在路旁。过往行人取而食之，然后接着走自己的路。

当秋季过去，金秋的欢歌变成了号啕大哭。在我的盘子里只有一颗果实，是人们为我留下的。我尝了一口，味如苦瓜，酸似未熟的葡萄。我自言自语道：

“唉，真倒霉！我送入人们口中的是诅咒，注入他们体内的是敌意。我的心啊，你把根须吮吸的甜汁贮存在何处？你的枝叶吸收的阳光的芳香又置于何方?”

我随之将我的年迈而强大的心灵之树连根拔起。

我将心灵之树从它生长的土壤里拔起，从它的过去中拔出来，将它从千年春秋的怀念中拉出来。

我回来将心灵之树栽在另一个地方。

我把它栽在远离时光通道的田野里。夜间，我傍在树边，说道：“熬夜使我接近星辰。”我用自己的血泪浇灌了它，并说：“我的眼泪味道鲜美，我的血香甜可口。”当春天回来时，我心花怒放。

夏天，我的心灵之树结果；秋季来临后，我把熟了的果子放在金盘里，搁在十字路口。当人们经过时，无论是零散的，还是成群结队的，没有一个人伸手去拿。

我拿起果子，咬了一口，觉得它味甜如蜜，像多福河水那么可口，比巴比伦佳酿更加醇美，似茉莉花一般芬芳。我喊道：

“人不喜欢嘴里有幸福，因为幸福是泪水之女；也不喜欢腹中有真实，因为真实是鲜血之子。”

我又回到树边，我的心灵之树独立在远离时光通道的田野里。

别出声，我的心，直至早晨！

别出声，天空已被腐烂的尸体熏得生病，它不会吸取你的气息。

听我说，我的心，仔细听着：

“昨天，我的思想是一艘航船，在波涛汹涌的海上颠簸，随风漂泊，从一个海岸到达另一个海岸。”

我的思想之船空荡荡的，只装着盛有五彩颜料的七个杯子，那色彩似七色彩虹般绚丽。

当我厌倦了在海上漂泊的生活，我便说，我要把空荡的思想之船驶回我出生的祖国的港口。

我在船舷上涂上落日般的黄色，春天小葱般的绿色，天空般的湛蓝，晚霞般的血红。 我还在船帆上画上引人注目的奇特图画。 当我干完这些活儿后，思想之船像先知的梦幻一样，出现在浩瀚大海与无边天涯之间。 它驶入祖国的港口，人们欢呼雀跃，鼓乐齐鸣，把我迎入城里。

他们之所以这样兴高采烈，因为那艘船的外观华美；可是没有人走进船舱。

没有人问过我从海外带回来什么。

谁也不知道，我驾着空船回国。

那时，我暗自说道：“我仅用七杯颜料就瞒过了人们的锐利目光，他们都被耍了。”

一年以后，我乘坐思想之船二度出海。

我来到东方诸岛，搜集到没药、乳香、龙涎香和檀香，把它们装入船舱。

我来到西方诸岛，装上原矿、象牙、宝石、美玉和翡翠。

我来到北方诸岛，带回刺绣、锦缎和开司米。

我来到南方诸岛，带回铁环铠甲、东方宝剑、长矛和其他武器。

我的思想之船载着天下珍奇，回到祖国港口。我说：

“我的人民将会赞颂我，我当之无愧；他们载歌载舞欢迎我入城，我受之无愧。”

但是，当我抵达港口时，却无人迎接我，我走在城里的大街上，没人瞥我一眼。

我站在各个广场上，向人们宣告：我带回了天下珍奇。他们张着大嘴笑，带着讽刺和嘲弄的神情，然后离我而去。

我忧愁、沮丧地回到港口，刚看见自己那艘船，便想起了一件事：我因同自然争斗，而疏忽了。我大声说道：

“大海波涛冲刷剥蚀了船身的涂料，露出了船体；风吹日晒抹去了船帆上的图画，帆布变得褴褛不堪。”

我把带回的珍奇装入棺材，再将其推入水中。我回到乡亲们中间。他们对我不屑一顾，他们只看到事物的表面。

此时此刻，我放弃了思想之船，来到死人城，坐在坟墓间。思索着那里的秘密。

别出声，我的心，直到早晨。保持沉默，狂风正嘲笑你内心深处的低语，谷地的洞穴也不传回你心弦的颤音。

别出声，我的心，直到早晨。谁坚持等候早晨来临，早晨就会热情地拥抱他。

黎明已经来临，我的心。假如你能说话，那就开口吧。

这是黎明大军，我的心。夜晚的寂静是否在你内心深处留下一支迎接黎明之歌？

那是一群群鸽子、鸵鸟在山谷上下飞翔。夜晚的狰狞是否让你挺身而出，伴随它们翱翔？

那是牧人赶着羊群。夜晚的幻影是否让你立下决心，随他们去绿色草原?

那是少女少男们在葡萄园里款款而行，你何不与他们同行?

站起来，我的心，起来，与黎明同行！黑夜已逝，夜晚的狰狞和幻影都不复存在。

站起来，我的心，引吭高歌吧！谁不同早晨同唱，谁就是黑暗的子民。

麻醉剂和手术刀

“他是个死抱自己原则的极端分子，到了疯狂的程度。”

“他是个妄想家，写作是为了败坏青年人的道德风尚。”

“假如已婚或者未婚男女听从纪伯伦在婚姻问题上的看法，那么家庭结构就会崩溃，人类联盟的大厦就会倒塌，这个世界将变成地狱，它的居民都成为魔鬼。”

“让我们战胜他写作风格中美的倾向，他是人道主义的仇敌。”

“他是一个亵渎神明、背叛宗教的无政府主义者。我们忠告吉祥山的居民抵制他的说教，焚烧他的著作，以便我们不受他的毒害。”

“我们读了他的《折断的翅膀》，发现那是拌在肉糜里的毒药。”

这些是人们在谈到我的作品时的一些说法。他们是对的。我的确是到了疯狂程度的极端分子，我趋向破坏更甚于建设。在我心目中，有对人们视为神圣事物的厌恶，有对他们所厌恶事物的热爱。假如我能铲除人类陈规陋俗、信仰传统，那决不犹豫，连一分钟也不。至于某些人说我的书是拌在肉糜里的毒药，是因为我的话所体现的真理被厚厚的面纱遮盖着。事实的真相是：我没有把毒药拌到肉糜里去，而是把毒药倒出去了……不过，我把它倒进洁净透明的杯子里了。

至于当着那些人的面为我辩护的人们则说：“他是个幻想家，在云层中振翅翱翔。”他们注视着透明玻璃杯闪闪发光，却不注意里面有他们所谓的毒药，因为他们虚弱的胃消化不了。

这段序言或许有些唐突粗鲁，但是带有粗鲁的唐突，难道不比温柔的背叛好吗？唐突粗鲁是通过自身显示自己，至于背叛则是穿上为别人剪裁的衣裳。

东方人要求作家像蜜蜂，在田野里飞来飞去，采集花蜜，营造蜂巢。

东方人喜欢蜂蜜，认为除了它再没有其他香甜可口的东西。他们吃得过多，以致自己也变成了蜂蜜，遇火烤便流淌，除非置于冰雪中才会凝固。

东方人要求诗人对他们的当权者、统治者和主教们顶礼膜拜。东方的天空中已满是由御座前、祭坛上、坟墓间升起的烟云，他们还不满足。在我们的时代，就有同穆泰纳比[1]相似的赞颂者，和罕萨[2]相媲美的哀悼者，还有比萨菲丁·哈里[3]更文雅的报喜者。

东方人要求学者研究他们祖先的历史，深入考察他们的遗迹、风习、传统，在拖沓冗长的语言、各种派生词和繁琐的修辞法中度过日日夜夜。

东方人要求理论家重复拜德巴[4]、伊本·卢史德[5]、艾夫拉姆·希尔亚尼[6]、约翰·迪迈什基[7]等说过的话，要求理论家在撰写文章时，不得逾越愚蠢的训诫和拙劣的指导所规定的界限，也不能超

---

① 穆泰纳比(915—965)，阿拉伯阿拔斯王朝时期诗人。

② 罕萨(575？—664?)，阿拉伯女诗人，因写遭杀害的兄弟和战死的儿子的哀悼诗而著名。

③ 萨菲丁·哈里，(1277—1349)，阿拉伯诗人，最早编纂修辞学著作。

④ 拜德巴为阿拉伯文学名著《卡里来和笛木乃》中的印度大哲学家。

⑤ 伊本·卢史德，(1126—1198)，阿拉伯哲学家，精通语言、法律、诗歌、医学、天文和数学。

⑥ 艾夫拉姆·希尔亚尼(306—373)，东正教神父，以写宗教教育著作和诗歌著称。

⑦ 约翰·迪迈什基(约 675—749)，生于大马士革，古宗教教育家，其著作对欧洲有较大影响。

过随之而来的格言和经文的界限。一个人如果始终同经文保持一致，他的生命就会像阴影下的草芥那样孱弱，他的心灵如同掺上少量鸦片的温吞水。

总而言之，东方人生活在昔日的舞台上，他们倾心于一些开心解闷的消遣上，唾弃那些催人奋起、从梦中警醒的简洁的积极原则和教诲。

东方是一介病夫，受到各种疾病的轮番袭击和瘟疫的不断光顾；把病痛视为习惯，把灾患当成自然，甚至看作是伴随高尚灵魂和健康躯体的良好习俗；谁要是缺了它，就会被看成是被剥夺了高级智慧和高度完美的弱智者。

东方的医生人数众多，守候在它的病榻旁，交谈着，商议着。他们不开根治顽症的药，而只开减轻疼痛的麻醉剂。

而这些精神麻醉剂，种类繁多，形式各异，五颜六色，其中一些是另一些的衍生物，如同某些疾病是由瘟疫传染的那样。每当东方出现一些新疾病，医生们就开上一种新麻醉剂。

促使这些麻醉剂问世的原因多种多样，而最重要的原因是病人听命于著名的天命哲学；医生胆小怕事，担心良药带来的痛苦。

我可以列举几个例子，都是东方医生用来治疗家庭、国家和宗教诸类疾病的麻醉剂和镇静剂：

为了一些生活琐事，男人讨厌自己的妻子，女人厌恶自己的丈夫，于是夫妻争吵，直至斗殴，彼此疏远。但过不了一半天，男女双方的亲属就聚在一起，交换字斟句酌和深思熟虑的看法，一致同意让这对夫妻重归于好。他们叫来做妻子的，并不去压服她，而是以能麻痹她的感情的虚伪教诲使她自惭。随后，又把当丈夫的叫来，对他花言巧语一番，其中不乏谚语格言，虽不能改变他的思想，但足以使他昏昏然。就这样，一对彼此厌弃的夫妻和好了，只是暂时地和好了。两个人各自都违心地勉强回到原先的居室，重新生活在一个屋顶下，直至“镀金”剥蚀，亲属们施用的麻醉剂失灵。于是男人又发泄自己的厌恶和嫌弃，女人也不再掩饰她的不幸。但是，那些勉强这对夫妇和好了一次的人又想勉强他们第二次；而曾经尝过一口麻醉剂的人，不会拒绝喝上整整一杯。

有人挺身起来造专制政府和陈旧制度的反，组成旨在复兴和解放的改革团体。他们勇敢地发表演说，热情地撰写文章，张贴标语口号，派遣代表团和代表。但是，仅仅过了一两个月，我们就获悉，政府关押了协会主席，或者给了他一个职务。至于改革团体，我们再也听不到它的消息了，因为其成员已经喝了一点点名牌麻醉剂，变得同原来一样安静和驯服了。

有一派人，为了一些原则性问题，反叛了宗教首领：他们批判他，否定他的工作，对他的言行嗤之以鼻，甚至威胁要皈依另一个接近理智远离愚昧的教派。可是，没过多久，我们便闻讯说国家的智囊们已经消除了牧人和羊群间的差别，靠了具有魔力的麻醉剂恢复了宗教首领的尊严，从而使盲从重新植根于曾经大逆不道的被领导者的心中。

软弱无力的被征服者遭到强大有力的暴君的蹂躏，邻居对他说："别出声！对抗利箭的眼是要被刺穿的！"

农村人怀疑修士的虔诚，于是他的同伴说："别吭气儿，书上说：'听其言，反其道而行之。'"

学生反对死记硬背巴士拉和库法学派的语言学论文，老师便说："懒惰和懈怠者找的借口比犯罪更丑恶。"

少女不服从老辈的习俗，母亲便对她说："女儿不会胜过母亲，我走过的路正是你现在所走的。"

青年人要求说明宗教义务的涵义，于是神父说："谁不以信仰的眼光看，他看到的世界就只是烟和雾。"

白昼黑夜，周而复始，东方人沉睡在软床上。当跳蚤咬他一口后，他醒了一会，接着又睡下去；由于流进血管、随之渗入血液中的麻醉剂的作用，他已沉睡了一辈子。当一个人站起来，对酣睡者大声喊叫，声震屋宇、庙堂和法庭时，他们才睁开朦胧的睡眼，打着哈欠说："多么粗暴无礼的年轻人，自己不睡，也不让别人睡。"尔后，他们闭上双眼，对自己的灵魂耳语道："他是个无神论者，败坏青年人的道德，摧毁了历代的大厦，用毒箭伤害人类。"

我不止一次地扪心自问：我属于这些不愿服用麻醉剂和镇静剂的保持清醒的反叛者行列吗？我的心回答得含糊其辞。当我听到人们亵渎我的姓氏，对我的原则嗤之以鼻时，我相信自己是清醒的。我知道，我不属于那些对甜蜜的梦幻和可爱的想入非非卑躬屈膝的人，而属于寻求孤独的人之列；生活让他们走在既有荆棘又有鲜花，既潜藏着豺狼又飞翔着夜莺的小径上。

假如清醒是一种美德，那羞怯使我不去炫耀它。但它不仅仅是美德，而且是突然出现在寻求孤独者面前的奇异真理。它在他们的前方行走，他们不由自主地跟随其后，被看不见的线牵引着，凝视着庄严的内涵。

我以为，羞于展现个人的真理是众所周知的明显的伪善，东方人却称之为教养。

明天，文学理论家读到上述文字，将烦躁不安地说："他是一个过激分子，总盯着生活的阴暗面，以为世界漆黑一团，只要他在我们中间痛哭流涕，为我们叹息，情况就不会改变。"

我对这些文学理论家说："我为东方恸哭，因为面对尸床跳舞是一种地道的疯狂。"

我为东方人哭泣，因为在病人面前欢歌是蠢上加蠢。

我为那可爱的国家号啕，因为面对失明的受害者歌唱是盲人的愚昧。

我之所以态度极端，是因为那些以中庸之道表述真理的人，只说出了一半，另一半却被挡在他的恐惧之后，他害怕人们的看法和说法。

我看着腐烂发臭的尸体，直想呕吐，五脏六腑翻腾不已。 我不能面对这些尸体坐下，即使点心和饮料放在左右。

假如有谁想让我破涕为笑，想使我从厌恶变成同情，从偏激转为平和，那他就应该让我看到在东方人之中出现一位公正的统治者，一位刚正不阿的法官，一个身体力行的教长，一个用同一标准看待自己和妻子的丈夫。

假如有谁想看我跳舞，听我击鼓吹笛，那他就应该邀请我去举行婚礼的家庭，而不是让我驻足于坟茔之间。

梦　境

夜深了，大地万物都进入了梦乡，我下床向大海走去。我自言自语道："大海不眠，大海清醒时会安慰不眠的灵魂。"

我走到海边，山顶上的雾霭已经褪尽，好似灰纱巾蒙在俏丽少女的脸边。我驻足注视着波涛澎湃，倾听海浪轰鸣，思考着那神秘的永恒力量。那力量同风暴一起驰骋，与火山一道喷发，和玫瑰一同绽露笑容，跟溪流一同吟唱。

过了不久，我回眸一看，见近处一块礁石上坐着三个人影。雾霭笼罩着他们，若隐若现。我慢慢走去，仿佛他们把我吸过去，我不由自主地倾心于他们。

在离他们几步远的地方，我停下来望着他们。似乎那里有一种魔力，凝固了我的意志，唤醒了我精神里的幻想。

此时，一个身影站起来，声音如发自大海深处："生活没有爱情，如同一棵不开花不结果的树；没有美的爱情，如同没有芳香的花朵，没有种子的果实……生活、爱情和美，是绝对独立的、永不变化、绝不分离的三位一体。"说完，他坐下了。

第二个身影站起来，声音仿佛海涛狂啸：

"没有反叛的生活，好似没有春天的四季；没有真理的反叛，好似不毛沙漠的春天……生活、反叛和真理，是绝对独立的、永不变化、绝不分离的三位一体。"

随后，第三个影子站起来，声音如雷鸣：

"生活没有自由，就像躯体没有灵魂；自由没有思想，就像飘荡的灵魂……生活、自由、思想，是千秋万代不会灭亡、绝不消失的三位一体。"

隔了一会儿，三个影子一起站起来，用震耳欲聋的声音说道：

“爱情及其结晶，反叛与其成果，自由同其的产物，是上帝的现象，上帝是理智世界的良知。”

当时，寂静中隐约传来无形翅膀的轻轻拍击声，看不见的躯体的战栗声。 我闭上眼睛，聆听那些话语的回声。 当我睁开眼睛时，只见大海上雾气弥漫。 我走近那三个影子坐过的礁石，一条气柱冉冉升上天空。

在黑夜里

——写于饥饿的日子

黑夜里，我们彼此呼唤。

黑夜里，死神的阴影矗立在我们中间，我们大叫救命。死神的黑翅膀将我们遮掩，它的巨手将我们的灵魂推向深渊，它燃烧的眼睛凝视着遥远的晚霞。

黑夜里，死神在行走，我们害怕、哭泣地跟在它后面，谁也不能停下，谁也不想停下。

黑夜里，死神走着，我们追随着它。每当死神回头张望，我们之中便有一千人倒毙路旁。谁倒下，便长眠不起；谁未倒下，屈从于死神的意志，继续行走，知道自己将会倒下，与那长眠之人一起长眠。而死神一直走着，凝目眺望遥远的晚霞。

黑夜里，哥哥呼唤弟弟，父亲呼唤母亲，母亲呼唤儿女。我们人人饿着肚子，精疲力尽，苦苦挣扎。而死神不饿不渴，吞噬着我们的灵魂和躯体，喝我们的血和泪，但总没个够。

头更天，孩子呼唤母亲："妈妈，我饿!"她回答："孩子，忍耐一会儿吧。"

二更天，孩子又喊母亲："妈妈，我饿，给我一块面包吧!"母亲回答道："孩子，我没有面包。"

三更天，死神经过母亲和她的孩子身边，用翅膀拍击母子俩。母子俩倒在路旁，而死神则继续走着，凝目眺望着遥远的晚霞。

早晨，男人到田野里寻找食物，但只找到了泥土和石头。

正午，男人精疲力竭，两手空空地回到妻儿身边。

夜晚来临，死神经过男人和他妻儿身边，见他们都已躺倒在地，便大笑。死神走去，凝目眺望着遥远的晚霞。

清晨，农民离开草屋向城里走去，口袋里装着母亲和两个姐妹的首饰，打算卖了换面粉。傍晚，他手中既无面粉，又无首饰回到村里，发现母亲、两个姐妹均已倒在地上，而她们的眼睛仍然注视着远处。农民张开双臂飞上天空，然后像被猎人射中的鸟落到洼地。晚间，死神经过农民及其母亲和姐妹的身边，发现他们均倒在地上，便发出微笑，然后走去，凝目眺望遥远的晚霞。

黑夜里，黑夜漫漫无尽头。我们呼唤你们，走在白日光明之中的人们，你们在听我们的呼叫吗?

我们将死者的灵魂作为使者派遣到你们那里，你们领悟使者们的话吗?

发自我们呼吸的东风带走了我们的灵魂；那风已吹到你们遥远的岸边，将它的重担交到你们的手中了吗？当你们了解了我们的情况，是来拯救我们呢，还是心安理得地说：“安坐光明之中的人能为处于黑暗之中的人做些什么？按照上帝的意思，就让死人埋葬死人吧。”

唉，就按天意吧。

但是，你们何不使自己的灵魂变得更加高尚？上帝使你们服从天意，帮助我们。

黑夜里，我们彼此呼唤。

黑夜里，哥哥呼唤兄弟，母亲呼唤儿女，丈夫呼唤妻子，情哥呼唤情妹。我们的声音互相混杂，直至天空；死神暂停片刻，嘲笑我们，蔑视我们，然后走去，凝目眺望遥远的晚霞。

龋　齿

我口腔里有一颗龋齿，它想方设法地折磨我。白天，它静待潜伏；黑夜，牙科医生休息，药房关门时，它醒过来折腾。

有一天，我忍无可忍，便去拜访一位医生。我对他说：

“你还是把我这颗龋齿拔掉吧！它不让我尝到睡眠的香甜，把夜晚的宁静变成呻吟和吁叹。”

医生摇摇头，说道：

“如果我们能治好，那拔掉它是件愚蠢的事。”

随后，医生清洗龋齿四周，除去上面的病灶，还钻了孔。当他相信再没有被虫蛀的迹象后，便把真金填在孔隙之间。他夸口道：

“病牙已变得比好牙更结实耐用。”

我相信他的话，便给了他满满一捧第纳尔，高兴地走了。

但是，刚过一星期，那颗倒霉的牙齿又开始折磨我了，我精神上的欢乐又变成了临终者的喉鸣和深渊中传出的啼哭声。

我便去找了另一个医生，坚决地对他说：

“把那颗镶着金子的龋齿拔掉吧！你不要拒绝。‘挨棍子打的人不像数打棍子的人’。”

医生拔掉那颗牙。那是十分痛苦的时刻，但也是吉祥的时刻。

在拔完牙后，医生又仔细地检查了一番，对我说道：

“你做得对，病在牙根，已经没有治好的希望。”

那天晚上，我睡得舒服，很香。我赞美拔牙。

在人类社会的口中有许多龋齿，疾病蔓延，直蛀颌骨。但是，人类社会却不拔掉这些生病的牙齿，以摆脱痛苦，而满足于治疗，清洁表面，用闪光的金子填充牙洞。

有那么多的医生只用华丽的涂料、闪光的金属去装饰人的牙齿；

有那么多病人，屈从于善良的医生的意志，忍着痛苦接受治疗，最后受骗病死。

但是，患病后死去的民族不可能复生，它无法向公众阐述精神病因，也讲不清置各民族于死地的社会疾病的症结。

在叙利亚民族的口中，长着一些肮脏发黑的龋齿，散发着恶臭。医生们企图清洗，填充磁粉，裹上金壳，均无济于事。除了拔掉，无法治愈。长有龋齿的民族，其胃不好；世界上有多少民族因消化不良而衰亡。

谁想见识一下叙利亚的龋齿，那就去学校。在那里，未来之人想弄清艾赫法士的那些话来自西伯维，而西伯维则是从驾驼轿的人那里听来的。

或者去法庭，那里杂技式的聪慧戏耍诉讼案件，像猫戏弄捉住的老鼠。

或者去富人家，那里满是虚伪、欺骗和无耻。

或者去穷人家，那里充满了恐惧、怯懦和愚昧。

此后，再去访问牙医。他们有柔软的手指、精密的仪器和各种麻药；他们每天都在填补龋齿的孔洞，清洗牙床。如果想同他们交谈，学习他们的才智，就知道他们是些才子和雄辩家，创办各种协会，召开各种会议，在各俱乐部、广场发表演说。他们的谈话音调和谐，比石磨的声音悦耳，比七月夜晚的蛙叫高亢。

但是，如果有人对他们说，叙利亚民族正用龋齿咀嚼生命的食物，每一口食物均掺有带毒的唾液，会引起肠病，牙医们就会回答：

“是的，我们现在正致力于研究最新的药品和最新的麻醉剂。”

有人对牙医说：

“你们对拔牙有什么看法?”

他们嘲笑他，说他对于高深的牙科医学没有研究。

假如再深问下去，牙医便走得远远的，厌烦地暗自说道：

“在这个世界上，幻想家是多么多啊！他们的理想又多么肤浅啊!”

闪光的粪便

1

赛勒曼先生。

他是个三十五岁的男子，衣着华丽，身材高挑，有两撇胡子；皮鞋锃亮，脚穿丝袜，抽着名贵香烟；细腻的手拄着一根漂亮的手杖，把手镶玉镀金。他在大饭店里进餐，那里是名流达官聚会之地。他去名山和休憩胜地时，总是乘坐两匹骏马的豪华马车。

赛勒曼先生不曾从父亲那里继承什么钱财，他父亲生前是个可怜的穷人；他也没从祖父——一个商人那里得到什么财富。赛勒曼先生是个厌恶工作的懒汉，认为自己就是那种地位优越的人。

我们有一次听赛勒曼先生说：

“我的身体和性格不适合工作，只有性格冷漠、体魄粗壮的人才工作。”

那么，赛勒曼先生的钱是从哪里来的呢？是哪位魔术师把他手中的黄土化为金银的呢？

这是发光的粪便的秘密之一。死神伊兹拉伊曾向我们公开过，现在轮到我们告诉你们了：

五年前，赛勒曼先生同一位富孀法希玛女士结了婚。她的亡夫布特鲁斯·努阿曼是个商人，在同行中以勤勉、执著和守信著称。法希玛女士已四十有五，而其性格和爱好恰似二八小女。她现在染了头发，一画眼描眉，浓妆艳抹。不过，不到半夜，她见不到赛勒曼先生，见了面从他那里得到的也只是尖锐的目光和刻薄的言词。他对她很少理睬，而忙于挥霍她的前夫用辛勤的汗水换来的钱财。

2

艾迪布[1]先生。

他是个二十七岁的青年。他有一个大鼻子，一双小眼睛，一张总不干净的脸；手上沾有墨水，指甲里满是污垢，衣服被撕得破破烂烂，染有油类和咖啡的污迹。这样丑陋的外表不是因为贫困或工作所致，而是漫不经心的结果。他忙于思考神学、’精神学方面的题目……

有一次，我们听他引证叙利亚诗人艾敏·君迪的话：“‘一心不可二用’。这就是说，一个文学家不能同时运笔和注意卫生。”

艾迪布先生说话多，还经常说，说起来就忘掉一切。我们知道，他在贝鲁特的一所学校里待过两年，从一位名师学习修辞学、作诗及写论文和其他文章。但迄今为止，由于种种原因，他什么也没发表过。这其中最重要的原因是阿拉伯报纸的衰败和读者的愚钝！

最近一段时间，艾迪布先生致力于探究新旧哲学的玄妙。他同时钦佩苏格拉底[2]和尼采[3]，欣赏圣徒奥古斯特[4]的言论，爱读伏尔泰[5]和让·杰克·卢梭[6]的文章。

一次，我们在婚礼晚会上遇上他。人们围着他喝酒唱歌，而他以自己有名的口才大谈莎士比亚的《哈姆雷特》悲剧！

还有一次，我们和他一起为一名人送葬。在行列中，送殡的人个个低着头，面露忧伤，走在他身旁；而他则以名闻遐迩的口才读起

① 艾迪布在阿拉伯语里是文学家的意思。

② 苏格拉底(前469—前399)，古希腊哲学家。

③ 尼采(1844—1900)，德国哲学家，唯意志论者。

④ 奥古斯特(354—430)，罗马帝国基督教思想家。

⑤ 伏尔泰(1694—1778)，法国启蒙思想家、作家和哲学家。

⑥ 卢梭(1712—1778)，法国启蒙思想家、哲学家、教育家和文学家。

艾布·努瓦斯[1]的酒诗和伊本·法里德的挑逗情诗！

天哪，艾迪布先生为何活着？他在故纸堆里打发日子的目的何在呢？他为什么不买头毛驴，参加到富有心计、强壮有力的既得利益者行列呢？

这是发光粪便的秘密之一。魔王曾向我们公布过，现在轮到我们告诉你们了：

三年前，艾迪布先生作诗赞颂穆特朗[2]阁下。后来，在哈比卜·贝克·赛勒旺的寓所，当着穆特朗的面吟唱了那首诗。唱完后，穆特朗招呼艾迪布先生过去，手搭在他肩膀上，微笑着说：

“孩子，上帝宽恕你。你是多么出色的诗人，多么聪明的文学家啊！我为你这样的人自豪！我毫不怀疑，你将成为东方的一位伟人。”

自那时到现在，艾迪布先生的父亲、叔叔和舅舅都赞赏地望着他，说起他时无不得意洋洋：

“穆特朗不是说过，他将成为东方的一位伟人吗？”

3

法里德·贝克·德埃贝斯。

他年近四十，高个，小脑袋，大嘴巴。前额窄且秃；他走起路来懒洋洋的，挺着胸脯，伸着长脖，步伐的节奏特殊，有点像骆驼负轿似地蹒跚；他说起话来，声音洪亮，很有气势，不认识他的人还以为是某位部长正向手下布置安排奴隶的事项呢。

法里德·贝克的工作就是坐在人多的场合，炫耀家庭的光荣历史，宣扬自己高贵的血统。他沉湎于谈论伟人及英雄的业绩，如拿破仑、安塔拉[3]等。他尤其喜爱珍贵的武器，收集了不少，并整齐地

---

① 艾布·努瓦斯(约 762—814)，阿拉伯阿拔斯王朝时期诗人。

② 穆特朗(1872—1949)，黎巴嫩诗人。

③ 安塔拉·阿拜西(525—615)，阿拉伯古代骑士，传奇英雄。

挂在墙上。 但是他一件也不会使用！

他的格言是：

“上帝创造了人，并把人分成了不同的阶层，有的当官，有的伺候人：其中的老百姓是不好驾驭的驴，你只有骑上它的背，它才走；其中的弱者拿笔，强者持剑……”

是什么使法里德·贝克这样顽固僵化，目中无人，傲慢无礼呢？

那是发光的粪便的秘密之一。 天使曾向我们宣示过，现在轮到我们告诉你们了：

十九世纪的第一个三十多年里，当拜希尔·舍海比国王带着人马行走在黎巴嫩山谷时，途经法里德·贝克·德埃贝斯的祖父曼苏尔·德埃贝斯居住的村子附近。 当时白天很热，阳光火辣辣地，几乎要燃着大地。 国王对他的人说：“来吧，我们到那棵冬青槲树荫下休息吧。”

曼苏尔·德埃贝斯知道后，便招来四邻农民，告诉他们国王就在这个村子附近。 农民们带着无花果、葡萄、牛奶、酒和蜂蜜，跟着他朝冬青槲树走去。 到了那地方后，曼苏尔·德埃贝斯走上前去，亲吻国王的衣角，随后宰了一只羊，大声说道：

“这就是我们最仁慈的国王，是上帝的恩赐！”

国王对曼苏尔的慷慨大喜，便脱下衣袍给他，并且说：

“从今以后，你就是这个村的长老，你的村民今年免交赋税。”

国王继续赶路后的当天晚上，全体村民聚集在曼苏尔·德埃贝斯长老家，称他为首领，决心和他同呼吸，共命运——上帝怜悯所有的人。

发光的粪便有无数的秘密，魔鬼每日每夜，都向我们公开这些秘密。 在时光将我们送入傍晚之前，我们将它展示给你们。 现已到半夜，眼皮已经熬不住了，请你们允许我们休息，也许梦中的新娘会把我们的灵魂带往一个比这世界更洁净的世界。

节日之夜

夜晚来临，黑暗笼罩了城市，宫殿和住宅灯火通明。人们身着节日新衣来到街上，脸上洋溢着欢乐和自得的表情，不时打出的饱嗝散发着饭菜和酒精的气味……

我孤身一人，远离拥挤的人群和喧嚣，踽踽独行，思索着这个节日的主人。

我想到出身贫困、一生清寒、死于十字架上的数代人的圣贤。

我考虑着那个火炬，它在叙利亚一个贫困的村子里被一个健全的灵魂点燃，成为历代首领的指路明灯，从一个文明时代延续到另一个文明时代……

我来到公园，坐在一个木凳上，我透过光秃秃的树枝注视着拥挤的大街，倾听节日游行队伍中人们无忧无虑的歌声……

我浮想联翩，感慨万千地坐了一个小时。我猛然回首，发现一个男子坐在离我不远的一张长椅上，正用手中的棍子尖在泥土上画着什么……我自言自语道：“他是个离群索居的人。”我仔细地端详着他的外貌。尽管他衣衫破旧，头发散乱，仍不失其严肃和庄重……他似乎觉察到我的注视，便转过脸，深沉而又平静地说道：“晚上好。”我当即回礼道：“上帝给你带来晚安。”

他又在地面上画起来。过了一小会儿，他哼起小曲，我听得很入耳，便同他交谈起来。我说：“你不是本地人吧？”

他回答道：“我不是本地人。对所有的城市来说，我都是陌生人。”

我说：“在这样的喜庆日子里，一个陌生人在人们中间得到同情和亲近时，会忘掉过去遭到的冷遇和孤独的。”

他却说：“在这样的日子里，我比平常更觉得自己是个孤独者。”

他望着灰暗的天空，圆睁着眼睛，嘴唇发颤，似乎在天空中看到遥远祖国的锦绣山河……

我说：“在这个节日里，人们彼此友善，富人想着穷人，强者同情弱者。”

他却说：“是啊，富人对穷人的仁慈不过是对自己的爱罢了；强者对弱者的同情只是自豪和优越感的一种表现形式而已。”

我说：“你说的可能对。但富人和强者的愿望和爱好关穷人和弱者什么事呢？可怜的饥饿者梦想得到面包，但他并不思考如何发面和烤面包。”

他却说：“受赠者是不思考什么，但赠予者却应该思考，好好地思考。”

我很奇怪他说这样的话，便又审视起他奇特的外貌和破旧的衣服……

一阵沉默之后，我望着他说：“看上去你需要帮助，你何不收下我这一两个银币呢？”

他嘴角绽出一丝苦笑说道：“是的，我需要帮助，但不需要钱。”

我便问：“那你要什么？”

他答道：“我需要栖身之地……一个可以把头靠在枕头上的地方。”

我说：“请收下我这两个银币，去租个房间住下。”

他说：“我去了这座城市的每一家旅店，却没有我的栖身之处；我敲过每一家的门，但找不到一个朋友；我进入每一家饭店，却得不到一块面包。”

我心想：“这个青年可是怪极了，说起话来一会儿像个哲学家，一会儿像个疯子！”

我刚对心灵吐出这个“疯”字，他就盯住了我，提高了嗓门说：“是的，我是个疯子。同我一样无处栖身的陌生人，无饭可吃的饥饿

者都是疯子。”

我请他宽恕，解释道：“请原谅我的冒昧，我不认识你，你的话使我吃惊。你何不接受我的邀请，同去我家共度这个夜晚呢?”

他却回答说：“我敲过你的家门一千次，但这扇门从未为我打开过。

我想他确实是疯了，便说道：“现在跟我来，到我家过一个晚上吧。”

他扬起头，说道：“假如你知道我是谁，就不会邀请我了。”

我随即问道：“那你是谁?”

他的声音如滚滚洪水。他说：“我是革命，要革掉那些迫使各民族安分守己的势力的命；我是暴风，把安坐若干朝代的偶像刮掉；我来是向大地掷下刀剑，而不是降临和平。”

他似一尊雕像站在那里，身影变得高大，脸上光彩照人。他伸出双手，掌上露出钉痕。我随即跪倒在他面前，大声喊道：“拿撒勒的耶稣啊……”

此刻，我听到他说：“世界正以我的名义，按照岁月围绕我的名字而编织的传统欢度节日。而我本人却成了陌生人，徘徊于地球的西方和东方。世界上没有人了解我的实际情况。”

狐狸有自己的洞穴，天上的飞鸟要回到窠臼，而人子耶稣却无靠枕之地。

此时此刻，我抬头观望，只见大理石柱屹立，耳中听到发自永恒深处的夜之声响。

巨人们

用墨水写作的人不同于用心血写作的人。

厌烦造成的沉默不同于痛苦造成的沉默。

至于我，已沉默不语，因为世界的耳朵已避开弱者的低语和呻吟，转向倾听深渊的呼号和喧嚣。 当隐藏在天良中的力量——迷恋以大炮代替口舌、弹药当词语——讲话时，弱者缄默是明智的。

我们正处于这样一个时刻：有些人最微小的琐事比我们的最大的事要大；那些萦绕我们思想爱好和情感的事情，已隐没在阴影中；戏弄我们的看法、原则的疑问和难题已经消失在疏忽的帷幔之后。 而那些受喜爱的理想和在我们存在的舞台上轻步慢移的倩影，已如云雾消散；取而代之的如暴风骤雨的巨人，他们如大海波动，如火山呼吸。

巨人间的斗争结束后，世界会向何处去？

农人能返回田间，在死神种下骷髅的地方播种吗？

牧人会赶着牲畜到被剑刺破地面、水源混有血浆的草原去吗？

崇拜者会在群魔乱舞的庙宇里顶礼膜拜吗？诗人会在被烟雾掩映的星辰前吟诗吗？歌手能在阴森拥抱寂静的夜晚高歌吗？

母亲能安坐在婴儿床边，不为明天担惊受怕，从容不迫地哼着摇篮曲吗？

情人能在敌对双方厮杀和互扔炸弹的地方拥抱接吻吗？

四月还会返回大地，用它的衣服遮盖大地挂彩的肢体吗？

但愿我知道，四月会重返田园吗？

你们的国家，我的国家会向何处去？哪一位巨人将占领使我们长大成人、沐浴在阳光下的丘陵、高原呢？

叙利亚将被抛入狼窝、猪圈，还是被暴风卷进狮穴、鹰巢？

晨曦还将升上黎巴嫩的山顶吗？

每当只有我一人时，我总问这些问题。但是，心灵如天命，能看不能说，向前走而不左顾右盼；它眼明腿快，而笨嘴拙舌。

人们啊，你们中有谁不每日每夜自问：

“巨人戴上孤儿寡母的眼泪制成的面罩后，地球和人类的命运将会怎样？”

我是讲发展和进化规律的。我知道，这种规律不仅适用于抽象存在，而且也适用于具体存在。各种宗教和政府均循此规律逐渐完善，就像世间万物的适应性渐次增强；而倒退则在外表，衰败仅在表面。

进化规律这棵大树枝杈繁多，互不交织，但均源自同根。它的外貌残酷、专制，不为狭隘的思想所承认，被软弱之心所抛弃。这规律的内涵是光明的公正：坚持比个人权利更高尚的权利，向往比个人目标更加崇高的目标，倾听被恐惧和甜言蜜语淹没的受苦难人的叹息和呻吟。

在我周围，到处是侏儒，远远地观望巨人的身影。睡梦中，他们听到巨人的喝彩声，便似青蛙鼓噪道：

“世界已返回原始时代。许多代人以知识和艺术建造的大厦，被野蛮人用贪婪和自私所毁坏。我们今天的情况就像穴居山洞的居民，所不同的是我们创造了用于毁坏的机器和用于制造死亡的阴谋诡计。”

下面是侏儒们把世界的良心按他自己良心的尺度加以衡量后，运用保护个人生存的思想分析生存的目的后，所说的话：太阳仅是为了供他们取暖而存在，就像大海只是为了他们洗脚而存在一样。

巨人从生命内部、可见的物体后面，从一切存有宇宙秘密的地方，像风一样冲出来，如云雾冉冉上升，似山峦般交汇。他们现在互相争斗，解决地球只有靠争斗才能解决的难题。

而人类和人类头脑中的知识、心灵中的爱和憎，心胸中的忍耐与痛楚，都是巨人取来玩耍的用具，借以达到他们追求的目标。

流淌出的鲜血，将会流成天堂中的多福河水；洒落的泪水，将催生出芳香的鲜花；逝去的灵魂，将聚集、组合，升入缥缈的天际，化为新曙光。人们懂得自己从苦难市场买到了真理；为购买真理而付出代价的人是不会亏本的。

4 月将会回来。但不从冬季手中求索的人，将见不到 4 月。

我的亲人死了

——写于饥饿的日子

我的亲人死了。我还活着，孤单地哀悼他们。

我所爱的人死了。在这以后，我的生活也面临着他们所经历的灾难。

我的亲人死了，我所爱的人死了。眼泪和鲜血浸透我的国家的高原，我就生活在这里，像我的亲人、我所爱的人活着的时候那样生活。那时，我的国家沐浴在阳光下。

我的亲人是饿死的，如果不是饿死，便死于刀剑之下。我在这个遥远的国度里，走在欢乐的人之间，他们吃着香甜的食物，饮着可口的饮料，睡在软床上。他们向岁月欢笑，岁月向他们微笑。

我的亲人死得悲惨。我在这里生活舒适平安。这是心灵舞台上固定不变的悲剧。

倘若我也在挨饿的亲人中挨饿，在蒙受压迫的众人中受压，那么白昼会轻踏我的胸口，夜晚在我眼前不会那么黑暗。因为与亲人共患难，会使人欣慰，同无辜者同遭灾，会令人自豪。

但是，我没同我的人民一起挨饿受压，也不在向光荣献身的死亡行列之中。我是在这里，七重洋以外，过着舒适和平安的生活。我是在这里，远离患难和灾祸，没有什么能引以为自豪，没有什么值得流泪。

遥远的流亡者能为忍饥挨饿的亲人做什么?

但愿我能知道，诗人的痛哭与哀号能起什么作用?

假如我是长在祖国土地上的一个麦穗，那饥饿的儿童摘取我，用我的麦粒把死神之手推开。

假如我是祖国果园里一颗成熟的果子，饥饿的妇女摘取我，将之作为食物。

假如我是祖国蓝天上一只飞鸟，饥饿的男人猎取了我，用我的身体挡住了坟墓的阴影。

但是，事与愿违。我不是叙利亚平原上的麦穗，也不是黎巴嫩谷地上的果子。这是我的灾难，这是无声的灾难，使我在自己的心目中变得卑贱，在夜晚的阴影里变得渺小。

这是令人痛心的悲剧，让我张口结舌，束手无策，使我丧失决心，失去意志，无所事事。

人们对我说：你的祖国的灾难是世界灾难的一部分，你的祖国流出的眼泪和鲜血是世界上丘陵平原上日夜川流不息的血泪河的一部分。

是的，我的祖国的灾难是一场无声的灾难，我的祖国的灾难是毒蛇带来的罪孽，我的祖国的灾难是没有乐曲和场景的悲剧。

假如我的人民奋起反抗专制的统治者而壮烈献身，那我会说，为自由而死，比屈辱而生更高贵，谁拥抱永恒——手握宝剑牺牲，谁就拥有真理般的不朽。

假如我的民族参加了各民族的战争，并全部战死在疆场，那我会说，那是暴风骤雨，把翠枝枯干一齐摧毁；死在风暴的魔杖下，比寿终正寝更高尚。

假如发生地震，我的祖国被震得天翻地覆，我的亲人和我所爱的人被土活埋，那我会说，那是神秘的规律，人力不能抗拒，我们还无力解开它的秘密。

但是，我的亲人不是因反抗而死，不是在沙场捐躯，也不是在地震中身亡，而是屈辱地死去。

我的亲人死在十字架上。

他们死时，手伸向东西两个方向，眼睛凝视着黑暗的苍穹。

他们默默地死去，因为人们的耳朵已经被堵住，听不到他们的呐喊。

他们死了，既不像胆小鬼向敌人献媚，也不像叛徒背弃亲朋好友。

他们死了，因为他们不是罪犯。

他们死了，因为他们不是恶人。

他们死了，因为他们没有反抗暴君。

他们死了，因为他们主张求和。

他们死了，是饿死在盛产牛奶和蜂蜜的地球上。

他们死了，因为地狱毒蛇吞噬了田野上所有的牲畜，吞下了谷仓内全部的食粮。

他们死了，因为蛇和蛇的子孙，将毒汁喷向弥漫着稻米的气息、玫瑰和素馨花芬芳的天地。

叙利亚人啊，我的亲人和你们的亲人都死了。我们能为尚未死去的人做些什么呢?

我们的痛哭不能糊口，我们的眼泪不能解渴。那么，为了把他们从饥饿和危难中拯救出来，我们能做什么呢?

难道我们就这样犹豫不决、懒散懈怠下去，置巨大的灾难于不顾，只顾生活上的琐屑吗?

我的叙利亚兄弟，感情是左右你的，把你的生命的一部分献给那几乎失去生命的人，那是使你在白昼和黑夜自由、心情舒畅的唯一可行的事。

把一分钱放在向你伸来的手上。这一分钱是一个金环，把你同超乎人格的人格联结在一起。

各民族及其民族性

民族是性格、爱好、见解各异的人们的集合体，一种比性格更强烈、比爱好更深刻、比见解更广泛的精神联系把他们集合在一起。

宗教的统一也许是这种联系的线。但是，信仰的差异却不能取代民族的各种联系，除非这些联系在某些东方国家里变得不堪一击。

语言的统一也许是这些联系建立的基本原因。但也有许多国家的人民讲着一种语言，但在政治、行政和社会观点上有着持续性的不同。

血缘的一致性也许是这种联系的基础。但是，在历史上有许多例子，我们可用以证明在同一个民族里存在着分裂，这是因为人们相互敌视，自相残杀。

物质利益可能是这种联系的编织机。但是，也有许多民族，不去创造物质财富，而醉心于争斗和争论之中。

那么，那种社会联系是什么呢？民族之根生长的土壤是什么呢？

关于民族联系，我有一种见解。某些理论家也许会认为这种见解奇怪，因为其根源与结局均不可感知。

我的见解是这样的：

每个民族都有共性，其本质类似个人的个性。这种共性源于个性，如同树木的生命来自水分、土壤和阳光及热量。但是，这种共性独立于民族以外，拥有特殊的生命和独特的意志。对我来说，难以确定和断定个性产生的时期，同样难以确定和断定共性产生的时期。但是，我觉得，埃及的民族性——譬如说——在尼罗河畔第一个国家出现之前五百年，就已形成了。由于这种共性，埃及的艺术、

宗教及社会现象产生了。我关于埃及的这种见解，也适用于亚述[1]、波斯、希腊、罗马、阿拉伯和其他新兴民族，即中世纪结束以后出现的那些民族。

我说共性有特殊的生命力。是的，任何一种生物的寿命都是有限的，那种共性也有不可逾越的寿限；这如同一个人，由童年至青年，再到中年、老年。就这样，共性也由蒙着睡纱的黎明苏醒开始，到沐浴阳光的午间，身着烦恼衣服的晚间及沉浸丁困倦的苏醒，直至沉睡。

希腊的民族觉醒于公元前十世纪，兴起于公元前五世纪。到了基督时代，对苏醒已经厌恶，于是睡在永久之床上拥抱永恒的理想。

而阿拉伯的民族性形成于伊斯兰教之前的三个世纪。先知穆罕默德刚一诞生，这种民族性就像巨人般屹立起来，暴风似的扫除一切面前的障碍。到了阿拔斯时代，这种民族性登堂入室，在东起印度，西到安达卢西亚的广大土地上，建立起许多国家。在阿拉伯民族性鼎盛时期，蒙古的民族性兴起，自东往西延伸。阿拉伯民族性对此感到厌倦，便由苏醒转入睡眠，但并未睡熟，时睡时醒。也许阿拉伯民族性再次苏醒，表达个人意志，如同罗马民族性于意大利文艺复兴时期再度复苏。意大利文艺复兴始于里桑斯，完成于威尼斯、佛罗伦萨和米兰，这一切于条顿人开始的黑暗时期前均已完成。

历史上最奇特的共性是法兰西民族性。它在阳光下生存了两千年，仍然处在青春期。今天，它比历史上任何时期的思维更深刻，观点更敏锐，艺术更成熟和知识更渊博。

罗丹[2]、卡里尔[3]、雨果[4]、西蒙[5]和热内[6]等人，都是19世纪的

---

① 亚述是古代西亚的奴隶制国家，位于美索不达米亚。

② 罗丹(1840—1917)，法国雕塑家和画家。

③ 卡里尔(1873—1944)，法国生物学家。

④ 雨果(1802—1885)，法国作家。

⑤ 克洛德·西蒙(1913—2005)，法国作家。

⑥ 热内(1910—1986)，法国作家。

人，都是世界上最伟大的艺术家；知识最渊博，想象力最丰富。这向我们证明，某些民族性比起其他民族性要久长。埃及的民族性生存了三千年，而希腊民族性的寿命不过两千年。民族性寿命的长短的原因类似人的寿命长短。

那么，民族性在世界舞台上扮演自己的角色后，是什么取代它了呢？

民族性会死亡、仅仅留下回忆吗？它会在时光面前消失，仿佛从未出现过吗？

我相信，精神的存在在变化，但没有也不会消失；它像物质存在一样，由一种形式转为另一种形式，而它的分子和原子，则与时光永存。民族共性也休眠；如花籽埋入土中之后，花的睡眠一样，而它的芬芳将升入永恒世界。我认为，民族的芳香或者花的芬芳是绝对的事实，绝对的存在；锡伯、巴比伦、尼尼威、雅典和巴格达的芳香，现在仍存在于环绕地球的以太里，也存在于我们灵魂的深处；我们，作为个人和集体，是地球上所有民族共性的继承者。

但是，那种神圣遗产，无论是个人和集体都触摸不到它的形体，它结晶于个人或集体附着的那个民族中，是一种具有特殊生命力和独立意志的精神。

逻辑哲学

——或认识自我

在贝鲁特的一个雨夜，赛里姆·艾凡提·德埃贝斯坐在一个放有古籍和零散纸片的办公桌前。他翻着书，不时扬起头，从厚嘴唇里喷出烟雾。他又拿起一篇哲学论文，那是苏格拉底为启发他的学生柏拉图①写的《认识自我》。

赛里姆·艾凡提认真阅读这篇珍贵论文中的字句，努力回忆哲学家们和导师们对这一问题的见解。这篇论文没有迷失于而是结合了一位西方理论家的思想，没有全部接受而是采纳了一个东方导师的备忘录。赛里姆·艾凡提完全沉浸在"认识自我"这一命题中了。突然，他站起身来，伸出双臂，竭力大叫道：

"是啊！是啊！认识自我是一切认知之母，我应该认识自己。我认识自己，了解自己身体的各个部分——外貌、分子和原子。我应该除去覆盖在自己心灵秘密上的帷幔，抹掉心灵深处的装饰，还应该弄清我物质存在中精神存在之涵义，我精神存在中物质存在之隐秘。"

他以异常的热情说了这些话，双眸中燃烧着热爱知识的火焰。随后，他走进隔壁房间，像一尊塑像屹立在镜子前。这面镜子上顶天花板下接地面。他望着自己，端详着自己的头部、身材和整个形体的线条。

赛里姆·艾凡提就这样站了半个小时，仿佛永恒的观念已为他降示了宏伟而崇高的思想，他可以藉此揭示自己灵魂的内部，让光明普照其各个角落。他不慌不忙地张开嘴，自言自语道：

---

① 柏拉图(前 427—前 347)，古希腊哲学家。

"我个子矮，拿破仑和维克多·雨果也是矮个子。

"我的前额狭窄，苏格拉底和斯宾诺莎[1]也是窄脑门。

"我谢顶了，莎士比亚[2]也是谢顶。

"我的鼻子大，带钩；赛伏那洛拉[3]、伏尔泰和乔治·华盛顿[4]都是鹰钩鼻。

"我有眼疾，使徒保罗[5]和尼采也有。

"我的嘴唇厚，地包天；西塞罗和路易十四[6]也是大嘴，地包天。

"我的脖颈粗，汉尼拔[7]和安东尼[8]也是粗脖子。

"我的耳朵长而大，拜伦[9]和塞万提斯[10]都长着一对扇风耳。

"我的颧骨突出，脸颊瘦削；拉斐尔[11]和林肯[12]也是这样。

"我的下巴向后缩，西门[13]和威廉一世[14]也是这样。

"我的肩膀不一样平，一高一低；奥比塔·艾迪布·伊斯哈格[15]也是如此。

---

① 斯宾诺莎(1632—1677)，荷兰唯物主义哲学家。

② 莎士比亚(1564—1616)，英国剧作家。

③ 赛伏那洛拉(1452—1498)，意大利政治家和宗教改革家。

④ 乔治·华盛顿(1732—1799)，美利坚合众国的创建者之一，第一任总统。

⑤ 使徒保罗为《圣经》故事中的人物。

⑥ 路易十四(1638—1715)，法国国王。

⑦ 汉尼拔(前247—前183)，迦太基统帅。

⑧ 安东尼(前82—前30)，古罗马统帅，政治家。

⑨ 拜伦(1788—1824)，英国浪漫主义诗人。

⑩ 塞万提斯(1547—1616)，西班牙作家。

⑪ 拉斐尔(1483—1520)，意大利文艺复兴时期画家、建筑师。

⑫ 林肯(1809—1865)，美国第十六届总统。

⑬ 西门(约前512—前449)，古雅典政治家、统帅。

⑭ 威廉一世(1797—1888)，德意志帝国皇帝。

⑮ 奥比塔·艾迪布·伊斯哈格(1856—1885)，埃及文学家。

“我的手掌粗糙，手指短粗；彼利科[1]和但丁[2]的也是这样。

“总而言之，我的身体瘦弱，就像大多数理论家那样，劳心累垮了身体。奇怪的是，我同巴尔扎克[3]一样，除非身边放一把咖啡壶，否则不能坐下写字和读书。此外，我。和托尔斯泰[4]和高尔基[5]一样，喜欢同平民百姓交往。

“大约过一天或者两天，我才洗一次脸和手，贝多芬、沃尔特和泰曼都有这种习惯。奇妙的是，我同薄伽丘[6]和伦勃朗[7]一样，打听女人们的消息，探询她们于丈夫不在家时干些什么。

“我嗜酒，可与诺亚、艾布·努瓦斯、德彪西和马尔罗相匹敌；至于我对于美味食品的贪求，可与彼得大帝[8]和白希尔·舍哈比[9]国王相提并论。

赛里姆·艾凡提停了一小会儿，用手指尖摸着额角，又说道：

“这就是我，这就是我的实际情况。我集中了亘古以来到现在的伟大人物的特点。一个拥有这么多优点的青年，必定会在这个世界上干出伟大的事业。

“智慧之首乃要认识自己。今天晚上，我了解了自己。从今夜开始，我要从事一项伟大的工作，那是这个世界启示我的，为此它向我的灵魂中注入了各种不同的要素。我陪伴过人类的若干伟人，从诺亚到苏格拉底、薄伽丘和艾哈迈德·法里斯·希德亚格[10]。我还不知道我将进行的伟大工作是什么。但是，像我这样一个集物质与精

---

① 彼利科(1789—1854)，意大利诗人。
② 但丁(1265—1321)，意大利诗人。
③ 巴尔扎克(1799—1850)，法国批判现实主义作家。
④ 托尔斯泰(1828—1910)，俄国作家。
⑤ 高尔基(1868—1936)，前苏联作家。
⑥ 薄伽丘(1313—1375)，意大利文艺复兴时期作家，人文主义者。
⑦ 伦勃朗(1600—1669)，荷兰画家。
⑧ 彼得大帝(1672—1725)，俄国沙皇，又称彼得一世。
⑨ 白希尔·舍哈比(1767—1850)，黎巴嫩国王。
⑩ 希德亚格(1804—1888)，黎巴嫩作家、诗人和语言学家。

神两者于一体的男子汉，确确实实是白昼的奇迹和夜晚的创新……我已了解了自己。是的，凭上天起誓，我已经认识了自己。愿我万岁，个性永存，宇宙不朽，直至完成我的大业。”

赛里姆·艾凡提在房间里踱来踱去，人的相貌依稀显露在那丑陋的脸上，他边走边发出猫叫和骨头关节碰撞的声音，他在背诵艾布·阿拉伊①的诗句：

纵然我是时代的最后一人，
也要创造前人未成的业绩。

一小时后，我们的主人公身裹那身褴褛的衣服，躺在那张破床上睡着了，鼾声充满天空；与其说那是活人的呼噜声，不如说是石磨的轰鸣。

① 艾布·阿拉伊(973—1057)，阿拉伯阿拔斯王朝时期盲诗人。

暴风雨

1

尤素福·法赫里离开尘世时，正值三十岁。他来到坐落在黎巴嫩北部卡迪沙河谷山坡上的一间孤零零的陋室，默默地过着隐居生活。

对于他的这一举动，附近村民们有各种各样的说法：有的说，他是一家门第显赫的富家子弟，爱上了一个女人，但女人背叛了他，他便离家出走，躲到僻静之处，求个安慰。有的说，他是个幻想诗人，避开嘈杂人世，以著书立说，一展情怀。还有的说，他是个虔诚的苏非派[①]，笃信宗教，厌弃尘世。还有人干脆就说他是个疯子。

至于我，我既不同意前几种看法，也不同意后一种看法。据我所知，在灵魂里的若干奥秘，猜测或者揣度是无法揭示的。但是，我很愿意会会这个怪人，渴望同他交谈。我两次试图接近他，以了解他的实情，分析他的目的和愿望，但从他那里得到的只有冷眼睥睨和淡漠、疏远、居高临下的寥寥数语。

我第一次见到他时，他正在杉树林边散步，我搜索枯肠，向他致以最亲切热情的问候，他仅以点头作答，未置一词，很快离去。第二次，我看见他站在住所旁一个小葡萄园中，便走去说道：“先生，我昨天听说，这间房子是十四世纪的叙利亚隐士建的，你知道吗?”

他哑着嗓子回答道：“我不知道是谁建的这间屋子，也不想知道。”他随即背转身子，更加重了嘲弄的口气说：“你为什么不去问

---

① 苏非派是伊斯兰教的神秘主义和禁欲主义派别。

你的祖母?! 她年龄最大，对这山谷知道得最多。”我走开去，为自己的冒昧和莽撞感到内疚、懊悔。

这样又过了两年，这个男人带有若干秘密的生活一直牵动着我的想象，时常闪现在我的思绪和梦幻中间。

2

秋季的一天，我正在尤素福·法赫里住所附近的山坡上游逛。突然，狂风大作，下起了倾盆大雨，我东躲西藏，被风雨吹刮得犹如怒海中一叶孤舟，船舱被毁，船帆被扯碎。我边向他的住所跑，边想这可是个拜见这位苦行僧的好机会，暴风雨是个借口，这湿透了的衣衫是我的引见人。

到达他的住所，我几乎筋疲力尽了。我刚一敲门，我一直想见的那位男人便出现在我的面前，他手里捧着一只小鸟：鸟的头受了伤，羽毛乱蓬蓬的，抽搐不止，奄奄一息。我向他致意后说：“先生，请原谅我这副模样到你这里。风暴太厉害了，我离家又远。”

他皱着眉头打量着我，以不屑的口气说：“这一带有许多山洞，你可以去那里避一下。”

他说这番话时，一直极其怜悯地轻抚小鸟的头，我这辈子还没有见过这般深情的。我对他两极集于一身十分诧异：同时带着粗暴和温情。他像是看出了我的心事，探询地望了我一眼，然后说：“暴风不吃酸肉，你怕什么，非躲着它?”

我答道：“暴风不喜欢酸，也不喜欢咸，但爱吃冰凉潮湿的肉。假如它看了我，肯定会把我当作一顿美餐吞了。”

他绷紧的面孔松弛了。他说：“假如暴风把你吞了，那你就享有不该享有的荣誉。”

我随即说道：“是的，先生。我之所以到你这里，就是为了逃避我不该享有的荣誉。”

他扭过脸去，以掩饰他浅浅的微笑。过了一会儿，他指着靠近燃有熊熊烈火的火炉旁的木凳，说道："坐吧，烤干你的衣服。"

我谢了他，挨着火炉坐下。他则坐在我对面的石凳上，用手指从瓷碗里蘸了点油，抹在小鸟的翅膀和头部。他瞥了我一眼，说道："暴风把小鸟刮到石头上，摔得半死不活的。"

我接着说："暴风也把我卷到你的门前，先生，我现在还不知道我的翅膀是否已被折断，头部是否被撞伤。"

他带点关切的神情望着我的脸，并且说道："但愿人能具有鸟的某些本能，但愿暴风折断人的翅膀，撞破他的脑袋；但是人生性胆怯、懦弱，见风暴刚起，便躲进地洞、石窟里去了。"

我顺着他的话往下说："是的，飞鸟具有人所没有的尊荣。人生活在自己制订的法律、传统的阴影下，而飞鸟则按地球绕太阳转动的绝对法规活着。"

他目光炯炯，笑逐颜开，他像是刚发现我是个悟性颇强的学生。他接着说："说得好，说得好，假如你认为自己说的是真理，那你应该离开人们，抛弃他们的腐朽的传统和微不足道的法律。像飞鸟一样生活吧，去遥远的只存在宇宙规律的地方吧！"

我说："我坚信我上面所说的是真理。"

他举起一只手，坚定而强硬地说道："相信是一回事，照着做又是一回事。有许多人，说的如汪洋大海，而他们的生活是区区小塘；还有许多人，头昂得高过峰顶，而心却蜷缩在洞穴的黑暗之中。"

他说完这些，不容我说话，便站起来把小鸟放在窗后的一件旧袍上，顺手又抓起一捆干柴扔进炉子。他接着说："脱下鞋子，烤烤脚。潮湿对人体的危害比什么都严重。好好烤烤你的衣服，别不好意思。"

我挨近火炉，衣服的潮气冉冉蒸腾。他站在门口，凝视着狂怒的天空。

不一会儿，我问他："你来这里很久了吗？"

他头也没回，答道："我到这所陋室时，大地空旷荒凉，大海漆黑渺茫，上帝的精神在水面上游荡。”

我心里想：这个人真怪，要弄清他的底细实在困难。不过，我一定要同他谈谈，了解他的内心秘密。我将耐心等待，直到他的傲气化为温柔。

3

夜幕笼罩了这片山谷，狂风呼啸，大雨滂沱。我想，洪水即将来临，将毁掉世间生灵，荡涤地上污垢。像是大自然的翻腾触动了尤素福·法赫里的心，使他在事实既成时表现镇定，对我的厌恶之情也转为亲近。他站起身，点上两支蜡烛，又把满满一壶酒放在我面前，还端来一个大盘子，上面放着面包、奶酪、橄榄、蜂蜜及一些干果。他在我对面坐下，亲切地说：“这是我全部的食品。请用吧，兄弟，同我一起吃吧。”

我们默默地吃着，静听着狂风呼号，暴雨悲泣。我每吃一口，总要看一下他的表情，期待从外貌上了解他的内心隐秘、他的兴趣爱好，弄清他的愿望。

吃完饭，他提起炉边的铜壶，倒了两杯醇香的咖啡，然后打开装满香烟的盒子，不紧不慢地说：“请吧，我的兄弟。”

我抽出一支烟，端起一杯咖啡，我真不敢相信自己的眼睛。他望着我，像是听见了我的心声。他点头微笑，点燃香烟，呷了口咖啡，然后说道：“在这样一所孤零零的陋室里，居然烟酒、咖啡俱备，你自然感到惊奇。也许能在这里吃住就让你感到意外了。我并不责怪你，因为你同许多人一样，以为离群索居，就疏远了生活及其天然的情趣和世人的欢乐。”

我回答道：“是的，先生。我们总是相信，谁弃绝尘世，虔诚崇拜上帝，谁就把世界上一切享乐置之度外，独自居住，过着苦修的生活，只能粗茶淡饭了。”

他说：“我在人们中间时，也能崇拜上帝。因为崇拜，并不需要

隐居和孤独。我离群索居，并非为了寻找上帝，因为在我父亲那里及别的地方都能找到上帝。我离开众人，是因为性格不合，理想不同；我同他们真是两股道上跑的车。我离开城市，是因为我看到城市是棵茂盛巨大但已腐朽了的老树，扎根于地下的黑暗之中，顶冠插入天上乌云之外，绽开的是贪婪、堕落和罪恶之花，结下的是悲哀、苦难与忧伤之果；某些人试图以嫁接改变其本质，然而均未成功，最后个个精神抑郁，在绝望和遗憾中撒手人间。”

此刻他挨近火炉，似乎因看到他的话对我产生了影响而欣慰。他大声地说：“不，我离群索居并非为了祈祷、修行。因为，祈祷是发自内心的歌声，即使它同千百人的呐喊混杂在一起，也能让上帝听到；而修行，是炼其筋骨，扼杀欲望。这个问题同我的信仰无关，因为上帝把躯体建为灵魂的殿堂，我们应当保持它的坚固、清洁，适于灵魂栖息。不，我的兄弟，我避世并不是为了祈祷和修行，而是为了躲避人群，逃脱他们的法律、训诫、传统、思想、喧嚣与哭号。我追求独居，不是为了祈祷和修行，是为了不再见到那种面孔：那些人出卖灵魂，用得来的钱去购买远不如灵魂贵重的东西。我要求独行，是为了不再遇见那些女人，她们挺起脖子，挤眉弄眼，装出千种媚笑，而内心只有一个目的。我要求清静，是为了不与一知半解的人相处，他们梦见了知识的影子，便以为已掌握了知识的精髓；醒时看到真理的一个影子，便认为已经真理在握。我追求静思，是因为不愿与那些男人为伍：他们把温和当成软弱，将宽容视为怯懦，视不甘苟且为自高自大。我之所以离群，我讨厌同一心发财的人打交道：他们认为日月星辰都是从他们的钱柜里升起的，随后还落在他们的口袋里。我之所以索居，因为我已厌倦同那些政治家相处：他们把大众的愿望当作儿戏，终日夸夸其谈，说得天花乱坠，目的是混淆视听，掩人耳目；我之所以独处，是因为早已厌倦同神父、教士打交道，同他们在一起我心烦意乱：他们只知道教训别人，从不身体力行，要求别人干的自己从来不干……我之所以离群索居，是因为从未从人那里得到过什么，除非以心血为代价。我离开人们，是因为看厌了那座所谓的文明大厦：那宏伟的建筑技艺精湛，却坐落在人骨骷髅堆成的山丘上。我脱离嘈杂世界，是因为精神、思想、心灵和躯体的生命就在幽静之中。我热爱荒无人烟的原野，因为那里阳光灿烂，鲜花馥郁，溪流悦耳。我热爱这高山峻岭，因为那里有春意盎然，夏日万物葱茏，金秋歌声处处，严冬意志坚定。我来到这孤寂的居室，是为了了解大地的秘密，接近上帝的宝座。”

他默默地出了口长气，仿佛卸下了肩上的重负。他的双眸闪烁着奇异的魔幻般的光芒，脸上呈现出自尊、坚毅和顽强的神色。

过了好几分钟。我欣悦地注视着他，因为我心中的疑问解开了。我对他说：“你说的都很正确。不过，先生，你不认为你诊断出了社会的疾病吗？你向我表明，你是一位高明的医生，而且，在病人病愈和病故之前，作为医生都不能离开自己的病人。世界迫切需要你这样的医生，你有益于世界上的人，你脱离他们是不公平的。”

他凝视我片刻，然后失望而苦涩地说：“开始，医生都试图治病救人，有的用手术刀，有的用各种药物。但是，他们全都绝望地死去了。但愿历代的病人都躺在那肮脏的病床上，调理那些慢性病症；可是这位病人却伸手抓住每个来看望护理他的人，并把他们掐死。更让我怒不可遏的是那个卑鄙的病人杀死了医生，然后闭上眼睛说：‘他的的确确是个了不起的医生……’不，我的兄弟，世上没有人能做救世主。一个农夫，即使他智慧超群，也不能让田地在寒冬里长出庄稼。”

我反驳道：“世上的冬天会过去的，先生，随之而来的是绚丽的春天，百花争妍，溪水欢唱。”

他眉头紧皱，叹息起来。他忧伤地说：“但愿我能知道，上帝是否能把人的生命，即整个时代分成像一年四季那样若干个部分，周而复始？在一百万年之后，地球上的人能安定和体面地生活吗？会出现一个人人赞颂的时代吗？在那个时代，人们无忧无虑，沐浴白日阳光，安享夜晚宁静。天哪，这些会出现吗？在大地饱食人肉，饮足

人血后，这些会出现吗?”

此时，他站起来，举起右手指向上方，仿佛在指着另一个世界，说道：“那是遥远的梦想，这座陋室不是理想之家。我确切知道的真理，它不仅适用于这个陋室的各个角落，而且适用于高山峡谷的每个地方。这条真理是：我是存在的人，我的存在使我知道饥饿和干渴，有权从我亲手制造的器皿中取生活之食粮的佳酿。因此，我才撇下世俗餐桌和宴席，来到此地，并将待到生命的终点。”

我望着他在房中踱来踱去，并且思索着他所说过的话，分析他用曲线和阴暗的色调描述人类生活的原因及动机。过了一会儿，我让他停下来，我说道：“先生，我尊重你的思想和目的，也尊重你的离群索居。但是，我感到遗憾的是，这个多灾多难的民族由于你的遁世隐居而失去了一位天才，失去了能效力国家、振兴民族的贤人。”

他摇着头说：“这个民族同其他民族的不同仅仅在外表上，东方民族的苦难正是整个地球的苦难。被认为正在上升的西方，不过是自负的虚幻的空架子。伪善，即使被剪去棱角，仍然是伪善；欺骗，尽管其触角柔软，永远是欺骗；谎言，不管穿上绫罗绸缎，也不管是住进华丽宫殿，也变不成真理；奸诈，或许会乘上火车或登上飞船，也不会转化为忠诚；贪婪，即便测量了距离，称量了重量，也变不成满足；罪恶，即使发生在工厂或学院，也不会变成善行……至于奴性，屈从于生活，屈从于过去，屈从于训诫、利润、衣饰，屈从于死亡，则永远是奴性；奴性即使涂上油彩，换上服装，自诩自由，仍然是奴性。不，我的兄弟，西方人并不比东方人高贵，东方人也不比西方人低下；二者的区别就是狼和鬣狗的区别。我曾观察过，发现种种社会现象的后面，有一种原始、公正的法规，它将苦难、盲目、愚昧平分给各个民族，而不厚此薄彼。”

我惊讶到了极点。我说：“那照这么说来，文明及文明包含的一切全都是虚假的?”

他兴致勃勃地说：“是的，虚假的就是文明，它包含的一切都是虚假的。各种发明和创造，是烦闷焦躁时用以消遣娱乐的智慧玩具；缩短距离、挖山填沟、征服海洋和天空都是烟雾笼罩的虚幻成果，既不悦目赏心，也不能提高品格。至于那些被人们称之为知识、艺术的哑谜，则是金子制成的镣铐枷锁，人们拖着它，喜欢那闪烁的光芒，陶醉在它铿锵的声响之中；它还是人们早就开始锻打的铁锁链，但他们浑然不知的是，他们制成的铁链，正好囚禁了自己……是的，人的劳动成果是虚假的，人们的一切目的、意念、志向和愿望都是虚假的，地球上的一切都是虚假的。在生活中各种各样虚假的东西中，只有一样值得向往的事情，只有一样。”

我便问：“那是什么呢，先生？”

他默默地站了一分钟，然后闭上眼睛，双手交叉在胸前，脸上拂过一阵春风，他的声音甜美，微微发颤。他说：“是心灵的苏醒，是灵魂深处的苏醒。它是突然来到人的意识中的一个念头，使人茅塞顿开，看到充满优美旋律的生命，看到它像一座矗立在天地之间的光明之塔，发出耀眼的光芒。人的生命是存在良知中的一柄火炬，突然在人的灵魂深处燃烧起来，点燃周围的干柴，在广阔无垠的天空发出无比明亮的光焰；人的生命是降临在个人心田的一种情感，使人认识到一切不符合其愿望的东西都是丑恶的怪物，于是厌弃一切不如意的事物，反对所有不理解生命秘密的人；人的生命是一只看不见的手，揭去了眼罩，我便发现自己站在亲人、朋友和同胞之间，茫然无措，惊讶地问自己：这些是什么人？为什么这样望着我？我怎么了解他们？我同他们在什么时候相遇过？我为什么同他们住在一起？为什么同他们坐在一起交谈？我是个陌生人吗？还是他们是陌生人，来到生命为我建造、并把钥匙交付给我的房间……”

他突然停了下来，保持沉默，仿佛回忆往事使他的脑海中画出了许多图像和幻影，这些图像和幻影都是他不愿展示的。他伸出双臂，低声说：“这是四年前的事了。那时我离开尘世，来到这荒野，以生活在苏醒之中，尽享思想、感情和恬静。”

他向住所外走去，望着漆黑深邃的夜晚，像是同暴风对话似的大喊：“它是心灵深处的苏醒，无法用话语表达，只能意会；不了解它

的人，永远得不到它的真谛！”

4

一个漫长的时刻过去了。在这一时刻里，思想在低语，暴风在呼啸。尤素福·法赫里时而走进住所，时而伫立在门口，凝视那伸手不见五指的夜空。我默默地体验着他的情感之波，揣摩着他的话，思索着他的生活以及独居的甘苦。二更天已过，他走过来，从近处注视着我的脸庞，像是要把我的相貌镌刻在记忆里，因为他向我吐露了他来此独居的秘密。他缓缓地说：“现在我要在暴风雨下巡视一番，这是我的老习惯了。每年的秋天和冬天，我都要领略一番暴风雨的乐趣……给你咖啡和香烟，如果你想喝酒，那罐子里有。如果想睡觉，在那个角落里有被子和枕头。”

他边说边披上一件黑袍，然后微笑着补充道：“我希望你早晨走时把门关好，明天一天我都在林子里。”

他向门外走去，经过门口时，抽出一根长手杖，说道：“如果你再遇到暴风雨，就别迟疑，到这里来避一下。但是，我希望你使自己热爱风暴，而不要怕它……再见，我的兄弟。”

他疾步走进夜色。

当我走到门口，想再看看他的面孔时，他已消失在夜幕之中。我站在那里好几分钟，不时听到他脚踩石子的声音从谷地传来。

早晨，风暴过去了，乌云被吹散，群山和片片树林沐浴在阳光下。我关好门，离开了尤素福·法赫里的陋室，心中想着他谈及的意味深长的灵魂苏醒。

我一回到人们聚居的地方，看到他们走来走去，忙忙碌碌，彼此之间对话、吵架，便停下来。我自言自语道：

“是的，灵魂或精神上的苏醒对于人来说是最可宝贵的，是存在的根本目的。但是，文明，包括其外观、形式，不正是精神觉醒的需要吗？天哪，我们怎么能否认已然存在的事物及其存在的正当理由呢？也许当今的文明是短暂的偶然现象，然而永恒的规律能使偶然现象成为通往绝对本质的阶梯。”

我再没有同尤素福相遇，因为生活所迫，我离开了黎巴嫩北部。我被流放到一个远离祖国的国家，那里的风暴柔顺得多，而人们视隐居修行为发疯。

魔鬼

扈利·赛姆昂是位学者，精通心理学、神学，对重罪和轻罪有深刻见解，还掌握地狱、炼狱和天堂的详情。

扈利奔波于黎巴嫩北部的山区村庄，向人们布道，治疗他们的精神疾病，把他们从魔鬼的纠缠中拯救出来。魔鬼是扈利·赛姆昂的敌人，同魔鬼日夜交战，从不懈怠。

村民们款待扈利·赛姆昂，常以金银酬谢他的说教和祈祷词，还争先恐后地把树上最甜美的果实、田园里最好的谷物赠送给他。

秋天的一个傍晚，扈利·赛姆昂正在去往山区的一个孤单单的小村的路上，在村外一处空旷的地方，他听到路旁传来凄惨的呻吟声。他循声望去，只见一个男子赤身裸体地躺在一块石头上，头部和胸部有多处伤口，浑身血迹，不时发出呼救的喊声："救救我！帮我一把！可怜我，我快死了。"

扈利·赛姆昂茫然不知所措，望着那痛苦不堪的男子。过了一会儿，他心想：这是个可恶的强盗，我猜他是拦路抢劫，反被人打伤，正气息奄奄；他是个坏蛋，如果他死了，我也是无辜的！

他正要离开，受伤的人却叫住他：

"别丢下我不管，别丢下我不管！你认识我，我也认识你的。我非死在这里不可了……"

扈利此刻脸色发黄，嘴唇哆嗦，心想：这是个疯子，在野外迷了路。但他旋即又想：看他伤口的情形怪吓人的。我该怎么办？心理医生治不了肉体的伤口。

扈利刚走几步，受伤的男子以令人毛骨悚然的声音叫道：

"你过来呀，走近点！我们早就是朋友了，你是扈利·赛姆昂，一个善良的'牧羊人'。而我，既不是强盗，也不是疯子。靠近我，别让我死在这里，这里空荡荡的。我会告诉你我是谁。”

扈利·赛姆昂靠近那个垂死的人，弯腰看去。发现其面相不比常人，聪明之中夹杂着几分狡诈，丑陋中透出俊秀，凶狠中又不乏温柔。扈利倒退几步，大叫道：“你是什么人?”

垂死的人以微弱的声音说：“别怕！大叔，我们是老朋友了。帮助我站起来，把我带到旁边的小溪边，用你的毛巾洗洗我的伤口。”

扈利大声说：“告诉我，你是谁？我不认识你，我不记得过去见过你。”

受伤的人以垂危的声音回答道：“你知道我是谁，你见过我上千次，你到任何地方都会见到我的脸。我是最接近你的人，也是你生活中最可亲近的人。”

扈利大声说道：“你是一个诡计多端的骗子！人都快死了，最好讲实话。我活这么久，从未见过你。说，你是谁，否则我就丢下你，让你在血泊中死去。”

受伤的人扭动了一下身体，抬眼望着扈利，唇边绽出意味深长的微笑。他平静、温柔和深沉地说：“我是魔鬼。”

扈利惊叫起来，整个山谷为之震动。他仔细审视那个快死的人，发现他的身量、容貌同村里教堂墙上挂的那张魔鬼像一模一样，便颤抖地说：

“上帝让我看见你的丑恶的面孔，使我加倍憎恨你，愿你永远受诅咒!”

魔鬼说：

“不要那么着急，大叔，不要再说空话浪费时间了，还是靠近点，快给我包扎伤口，免得我灵魂出窍。”

扈利说：

“我的手指每天捧着神圣祭品，不能触摸你这用地狱渣滓做成的身体。你千秋万代受到人类诅咒，因为你是世代的敌人，干着灭绝人类的勾当。”

魔鬼急不可耐地说：

“你不知道你在说什么，也不知道你正在对自己犯下了罪过。听着，我给你说说我的故事：今天，我独自走在这条山谷里，遇上一群天神派来的壮汉，他们突然向我扑来，把我打得遍体鳞伤。要不是他们中间有个拿着双刃宝剑的，无比勇猛，我能把他们都杀光。可惜，当时，我手无寸铁，面对那全副武装的天神，实在是无能为力。”

魔鬼停下来，用手按住腰部的伤口，接着说：

“那位武装的天神，我想就是米哈依尔了，他精通剑术。我如果不是倒在地上，生命垂危，会把他们一个一个都杀光。”

扈利带着胜利和征服的腔调说：

“我为米哈依尔祝福，他把人类从卑鄙的敌人手中拯救了出来。”

魔鬼便说：“我对人类的敌意，并不比你对自己的敌意更强烈。你为米哈依尔祝福，可是他什么也没给你。我受了伤，你就瞧不起我，甚至还侮辱我，其实正是我过去和现在都给了你幸福和安逸。你在我的庇荫之下，能否认我对你的恩惠吗？或许你无视我的存在，不执行我的意志。我过去使你心满意足，能代替我的现在和将来吗？难道你的财富已多到不能再多的程度了？难道你不知道，如果没有我，你的妻儿会失去面包，你会丢掉生计；假若我注定要死，就算是大风吹走了我的灵魂，你还有什么可干的呢？二十五年来，你一直在这些山村漫游，反复告诫人们躲避我给他们带来的灾难。人们感谢你，将自己的财宝和地里的收获献给你。假如他们得知他们的敌人——魔鬼已经死了，还会送你什么礼物吗？你是位精明的神学家，难道你不懂下面的简单道理：即魔鬼的存在，决定了其敌人——祭司的存在吗？这是固有的敌对关系，它像一只神秘的手，将信士口袋里的金银偷偷地转移到祭司的口袋里。你是个专家学者，难道不明白时势造英雄，时势消亡了，英雄也就不存在了吗？如果是这样，你怎么会希望我死呢？因为，你的地位将因我的死亡而丧失，你的生机因我的死亡而中断，更不用说你寻找面包去果妻儿之腹了。”

魔鬼沉默了一小会儿，脸上展现出恳求的神情，然后接下去说：

“你这个顽固的傻瓜，听我说。我让你看看我们密切相连的事实。初始，人们在阳光下振臂高呼：‘七重天上，有从善如流的伟大天神。’然后转过身来，见到自己的影子，又喊：‘九层地下，有为非作歹的可恶魔鬼。’他们走向山洞，低声地自言自语：‘我处于两位神灵之间，一位是我服从的神，另一个是我反抗的神。’日月荏苒，人处于两种绝对力量之间：一种带着人的灵魂升天，人为之祝福；另一种拽人入地，人报以诅咒。但是，人并不知道祝福的意思，也不理解诅咒的涵义。而且，人处于这两种力量之间，像是一棵树，夏季披上绿装，冬季枝干光秃。当人进入文明时代，在文明的曙光下，出现了家庭，接着形成了部落。由于兴趣各异，劳动出现了分工，随之产生了不同的职业，部落里的人有的耕种土地，还有的人建造房舍，有的缝制衣服，还有的冶炼金属。在那遥远的时代里，地球上出现了祭司，这是人类创造的第一个不为人类或自然社会所需要的职业。”

魔鬼有一分钟不说话，然后放声大笑，声震空荡的山谷。似乎是这大笑震裂了它的伤口，它不得不痛苦地用手捂着腰。魔鬼凝视着扈利·赛姆昂，说道：

“就在那个时代，地球上出现了祭司，我的兄弟，让我给你说说祭司是怎样出现的吧。在原始部落里，有一个叫拉维斯的男子，我不知道谁给他起了这么一个怪名字。拉维斯是个聪明人，但懒得出奇。他讨厌耕种田地和建造房屋，也不喜欢狩猎放牧。换句话说，凡是需要动手的工作，他都讨厌。那时候，不劳动什么也得不到，而拉维斯却什么都不干，总是饿着肚子过夜。在一个夏日的夜晚，一些人聚坐在部落首领的家门口，谈着一天的见闻，等着困倦后去睡觉。突然一个人站了起来，惊慌地指着月亮喊道：‘你们看哪，夜光之神的脸色都变得暗淡无光，成了一块挂在天上的黑石头。’人们都望着月亮，不由地鼓噪起来；人人担惊受怕，坐立不安，仿佛都被黑夜之神挖走了心肝。人们亲眼目睹夜光之神逐渐变成了一个黑球，

地球也随之变暗了，群山河谷蒙上了一层黑纱。此刻，曾见过多次日食和月食的拉维斯走到人群当中，双臂举向空中，装模作样地摆弄一番后，大声喊道：‘你们跪拜吧，祈祷吧，用土抹在脸上。黑煞神正同夜光之神厮杀——假如黑煞神胜了，我们就完蛋了；只有夜光之神取胜，我们才能活下去。跪拜吧，祈祷吧！用土抹脸，闭上眼睛，别抬头望天，谁看见夜光之神和黑煞神的搏斗，就会失明和神经错乱，并且要失明和发疯一辈子。跪下祈祷吧，用你们的心帮助夜光之神战胜敌人。’

“拉维斯一直用这种口气说话，他凭幻想创造一些新名词，标新立异，便不断重复着刚学到的几个词。过了半个小时，月亮恢复了圆满和庄重。拉维斯提高嗓门，欢欣地说：‘现在停下来吧，你们看，夜光之神战胜了黑煞神，在星辰行列之中继续自己的路程。你们要知道，是你们用跪拜和祈祷帮助夜光之神战胜黑煞神，所以你们现在看到夜光之神更加皎洁明亮。’

“人们停下来，望着月亮，它果然光明如初。他们的恐惧之情为之一消，欢喜雀跃，有人翩翩起舞，还有人手舞棍棒，敲击铁桶铜盆，欢呼声充满了山谷……

“就在这个夜晚，部落头领把拉维斯叫到面前，对他说：‘今天晚上，你给我们带来了前所未有的喜讯。除你之外，我们谁都不了解生命的奥秘。我非常兴奋地告诉你，从现在开始，你就是这个部落里仅次于我的第二号人物了。我是力气最大和最勇敢的人；你足智多谋，学问最大，而且是我与神之间的中间人，你向我转达神的旨意，为我说明神的功绩和秘密。为了取得神的宠爱和欣喜，告诉我，我该做些什么？’

“拉维斯回答说：‘神托给我的梦，我会原原本本地告诉你；神有什么旨意，我也如实转告。我的确是你和神之间的中间人。’

“头领大喜，随即给了拉维斯两匹马，七峰骆驼，七十头牛犊，七十只羝羊，七十只母羊。头领说：‘我还要派最强壮的男人为你建造一座跟我这座住宅一样的住宅。每到季节之末，人们会把土地上

收成的一成献给你，你将显赫地受人尊敬地生活。’

“此时，拉维斯站起来要走，头领拦住他，问道：‘这个叫黑煞神的是个什么神灵？它怎么敢同夜光之神厮杀？我们从未听说有这么个神灵存在。’

“拉维斯搔搔额头，回答说：‘在很久以前，还没有人类的时候，所有的神祇都和睦相处，生活在银河后一个遥远的地方。大力神是众神之父，众神之王，知诸神所不知，能诸神所不能，独自保守着永恒律法里的部分宇宙秘密。在十二纪的第七代，巴阿塔尔因厌恶大力神而反叛。他站到大力神父王面前，说道：‘你为什么要对所有生灵保持绝对权力，不让我们知道宇宙律法和历代秘密？难道我们不是你的子女，不能同你分享权力和永恒吗?’

“神王大怒，答复说：‘我将永远为自己保持第一等地位、绝对权力和根本秘密。我就是始，我也是终。’巴阿塔尔说：‘如果你不让我分享你的权势，我和我的子孙就要造你的反。’此时，神王站在宝座上，抽出银河当宝剑，抓住太阳作盾牌，大吼一声，震得宇宙发抖。神王生气地说：‘可恶的叛逆，还不滚到下界，在黑暗、阴森之中永远游荡去吧！去等着太阳化为灰烬，星辰变成尘埃。’在那个时候，巴阿塔尔离开天界，来到人间群魔栖身的地方。巴阿塔尔暗自发誓，决心对抗父兄，与那些敬重父兄的人为敌。

“头领紧皱眉头，面色如土，说道：‘那么，黑煞神就叫巴阿塔尔了?’

“拉维斯回答道：‘巴阿塔尔是神名，但下到人间后，有许多名字，像白阿莱兹博尔、易卜里斯、塞特纳伊尔、白勒亚尔、宰姆亚尔、艾赫里马尔、麻里赫、艾卜顿和魔鬼，最出名的就是魔鬼。’

“头领重复着魔鬼这个名字，声音嘶哑，活似风刮到枯树上所发出的响声。过了一会儿，头领说：‘天哪，魔鬼为什么那么憎恨人类呢?’

“拉维斯回答道：‘魔鬼之所以憎恨人类，想灭绝人类，是因为人类是魔鬼兄弟姐妹的后裔。’

“头领慌张地说：‘那么，魔鬼是人类的叔伯、舅舅了？’

“拉维斯态度暧昧，慌乱地说：‘是的，主人，不过，魔鬼是人类最恶毒的敌人，使人类的白昼充满灾难，让人类的夜晚充满噩梦。魔鬼是一种力量，将暴风引向人类的住所，以怒火焚烧人类的田园，用瘟疫染上人类的牲畜，使疾病传上人类的躯体。魔鬼是凶恶、残忍、冷酷和恶毒之神，它为我们的苦难欢笑，为我们的欢乐悲伤。我们应该掌握魔鬼的特性，防止其恶毒用心；我们必须研究魔鬼的品性，以摆脱其阴谋诡计。’

“头领头垂在手杖上，低声说：‘我现在明白了过去不明白的秘密，那巨大而神奇的力量的秘密。是魔鬼让暴风袭击我们的住房，给牲畜降下瘟疫。拉维斯，以后人们知道了这全部的秘密，会祝福你的，会感谢你为他们展现了敌人的秘密，还教他们如何防范。’

“拉维斯离开头领，走向自己的住所。他为自己聪明的主意而得意，为想象中的美景而陶醉。而头领及其下人这一晚上未能入睡，辗转反侧，睁眼见周围都是恐怖的幻影，闭眼则噩梦不断。”

受伤的魔鬼说完后停了一会儿。扈利·赛姆昂注视着魔鬼，见它目光散乱，唇间绽出垂死的笑意。

魔鬼接着说：

“就这样，地球上出现了祭司，我的存在就是出现祭司的原因。拉维斯是第一个以同我为敌为职业的人。在他死后，靠着他的子子孙孙这种职业流行并逐渐发展壮大起来，终于形成了一门神圣而细腻的艺术，只有那心智健全、灵魂高尚、精神纯洁、想象丰富的人才能掌握。在巴比伦，每当祭司向人们说教与我为敌时，他们要向他跪拜七次；在尼尼威，人们把自称了解我的秘密的人视为联系人与神的金纽带；在塞伊卜，人们把与我抗衡的人冠以日月之子的头衔；在巴比勒斯、艾弗西斯、安塔基亚等地，人们教育子女讨好我的敌人；在耶路撒冷和卢迈，人们为唾弃、疏远我的人捐躯。在阳光下的每一座城市，我的名字是宗教、科学、艺术和哲学机构的中心，庙宇因我而建立，学校和院校因我的出现而存在，宫殿、高塔的拔地而起均源于我的地位的提高。

“正是我，使人们有了信念，在思索中产生了计谋，手脚活动开了。我是永恒的魔鬼，是为了人类能继续生存而同他们搏斗的魔鬼。倘若人们停止与我搏斗，思想便会僵化、愚钝，精神便会慵懒、颓废，身体便会疲软、无力。

“我是永恒的魔鬼。我是无声的暴风，驰骋在男子的脑海和女人的心胸里。我使他们向往寺院、修道院，因惧怕我而赞颂我；或者，我让他们沉迷于烟花柳巷，以服从我的意志为乐。修士虔诚地在静夜中祈祷，让我离开他的床榻，实际上一如娼妓在拉客。

“我是永恒的魔鬼。我以恐惧为基础，建造了寺院和修道院；我以嗜好和享乐为基础，建立了酒馆和烟馆。假如我不存在，那么世界上的恐惧和享乐也就不存在，人们的理想与愿望也就不存在，生活便似断了弦的吉他，无声无息，冷清乏味。

“我是永恒的魔鬼。我暗暗鼓吹欺骗撒谎、挑拨离间、诅咒谩骂、背信弃义、讽刺挖苦。世界上如果没有了这些，人类社会将变成被遗弃的花园，里面长满了荆棘和蒺藜。

“我是永恒的魔鬼。我是万恶之源。罪恶灭绝了，与之斗争的人也不见了，你也消失了，你的子子孙孙、同事和伙伴也都不存在了。我是万恶之源。你愿意因我的死亡而造成罪孽的消亡吗？您愿意因我心脏停止跳动而停止人类的活动吗？你愿意以消灭诽谤来消除谩骂吗？我是真正的万恶之源，你愿意让我死在这空荡的不毛之地吗？回答我，神学家。你愿意中止我们之间自亘古以来就存在的关系吗？”

魔鬼张开双臂，挺直脖子，叹了一口长气，原来灰白色的身体转为绿色，犹如尼罗河畔的历经世代风雨的古埃及雕塑。

魔鬼睁着大眼，凝视着扈利·赛姆昂。魔鬼说：

“我身负重伤，本不能同你长谈，现在说得精疲力尽。奇怪的是，我竟然滔滔不绝地向你讲述一个你比我更明白的道理，说明一件对你比对我更有利的事情。事情到了这个地步，就随你的便吧。你

可以把我背回你家，为我治伤；也可以把我扔在此地，死了了事。”

魔鬼说这番话时，扈利·赛姆昂哆嗦着搓着手。过了一会，扈利惊慌失措地说：

“我刚刚明白了从前所不明白的事，原谅我的愚昧无知。我知道，你存在于这个世界，是为了检验。这种检验是上帝度量人类心理的尺度，是称量人类灵魂轻重的天平。我现在知道你假如死了，检验也不复存在，使人们保持警惕的精神力量也随之消失，引导人们祈祷、斋戒和崇拜的原因也不存在了。因此，你要活下去，只要你活下去，人类便远离不道德的行为。至于我，出于对人类的爱戴，不再憎恨你了。”

魔鬼爆发出类似火山爆发的大笑，随后说道：

“尊敬的老人家，你是多么聪明，多么豁达；你对于神学的理解是多么深刻。从你渊博的知识中，我找到了前所未见的自我存在的理由。现在，我们都理解了客观原因，我们应该离开这个地方。靠近我，过来，把我背到你家里，我的身体不沉，而且已经流了一半的血，天已不早了。”

扈利·赛姆昂靠近魔鬼，挽起袖子，把袍子下摆塞进腰里，背起魔鬼，朝回家的路上走去。

夜幕笼罩下的山谷万籁俱寂。扈利·赛姆昂背着一个赤身裸体的大汉向自己的村子走去；那个大汉鲜血淋漓，给扈利的黑袍和散乱的胡须染上了血迹。

萨勒班

地点：尤素福 · 迈萨拉在贝鲁特的家。

时间：1901 年秋天的一个晚上。

人物：保尔斯 · 萨勒班——音乐家、文学家。

尤素福 · 迈萨拉——作家、文学家。

希拉娜小姐——尤素福的妹妹。

赛里姆 · 穆奥维德——诗人、琵琶手。

赫里勒 · 贝克 · 塔米尔——政府职员。

（幕启。尤素福·迈萨拉家的漂亮的大厅，放满了书和纸。赫里勒·贝克·塔米尔抽着水烟。希拉娜小姐在刺绣。尤素福·迈萨拉抽着烟卷。）

赫里勒·贝克·塔米尔（以下简称赫）（对着尤素福·迈萨拉）我今天读了你关于美术及其对于道德的影响的文章，我很喜欢它。这篇文章若不是按欧洲方式写的，那就是这方面的最佳文章了。我么，迈萨拉先生，是属于认为西方文学影响我们的语言是件坏事的人。

尤素福·迈萨拉（以下简称尤）（微笑着）你也许是对的，朋友。但是，你身穿西服，用西式盘子进餐，坐在欧洲式桌子旁边，这可是自己反对自己呵。除此以外，你是最爱读阿拉伯文书籍的。

赫 这些表面的事情同文学艺术没有关系。

尤 不，它们有着确实的活生生的联系。如果稍微深入探讨一下这个命题，你会发现艺术同习惯、服装、宗教传统、社会传统联系在一起，同我们社会生活的每一种现象联系在一起。

赫 尽管我生活中有一些欧洲的表面现象，但我是个东方人，直至我生命的最后一刻，我仍然是东方人。我希望阿拉伯文学不受一切外国影响，是纯净的。

尤 那么你希望阿拉伯语言文学死亡了？

赫 怎么这么说？

尤 因为年迈的民族得不到新兴民族的补益，就会文学死亡，精神灭绝。

赫 你的这番话需要证明。

尤 我有一千零一个证明。

（此时，保尔斯·萨勒班和赛里姆·穆奥维德走进了大厅，厅里的人都起立致敬。）

尤 欢迎，欢迎兄弟们！（对萨勒班）欢迎叙利亚的夜莺。

（希拉娜小姐望着萨勒班，脸颊微红，显出高兴的样子。）

赛里姆·穆奥维德（以下简称赛） 请看在上帝的面上，尤素福，对保尔斯别说一句好话。

尤 为什么？

赛 （半真半假）因为他不值得尊重和赞扬，也不值得……因为他的脾气和性格古怪，他是个疯子。

保尔斯·萨勒班（以下简称保） （对穆奥维德）我让你陪我来这里，就是让你挑明我的缺点和阐述我的品德的吗？

希拉娜小姐（以下简称希） 天哪，出了什么事？赛里姆先生，你又发现保尔斯品德上的新缺点了？

赛 他原有的缺点将不断翻新，直到他被埋葬、骨头化成土。

尤 告诉我们，出了什么事！你们从头至尾说一遍。

赛 （对萨勒班）保尔斯，你是允许我谈谈你的罪行呢，还是你自己招供？

保 我愿像坟墓那样保持沉默，如老人的心那样沉睡。

赛 那我就要讲一讲了。

保 在我看来，今晚上你想扰乱我的生活。

赛 不，我是想把你的故事讲给这些朋友听，让他们看看你做的好事。

希　（对穆奥维德）说吧，说给我们听听，是怎么一回事。（对萨勒班）也许赛里姆摆出来的罪行是你的一件善事呢。

保　像我没做什么善事一样，我也没犯下罪。我的朋友渴望说出来的问题是不值一提的。除此之外，我不想让你们熬夜听关于我的谈话。

希　好吧。那就让我们听听这个新闻吧！

赛　（点燃一根纸烟，挨着尤素福·迈萨拉坐下）先生们，你们当然听说过伊本·杰拉勒帕夏的婚事。你们也知道新郎的父亲昨晚举行了一场演唱会，邀请城里的名流和大人物出席，（指了指保尔斯）请这位恶棍出席，我也受到了邀请。这原因在于人们认为我是保尔斯的影子：他走到哪，我到哪，他干什么，我干什么。愿上帝让他长寿，他不喜欢唱歌，除非我为他伴奏。

我们到了杰拉勒帕夏家，迟到了。我们的保尔斯像国王一样，姗姗来迟。在那里我们见到了市长、穆特朗，还见到了一些漂亮女士、文学家、诗人、富人和首领。我们坐在烟雾缭绕、杯觥交错的大厅里。人们盯着保尔斯，好像他是来自天上的天使。而女人们则向他围过去，争先恐后地递给他酒杯、鲜花和大盘子。这场面恰似雅典娜迎接从战场回来的英雄。简而言之，我们的保尔斯在晚会开始时是受尊敬和款待的对象……

我抓起我的琴，弹了第一下，第二下，第三下，保尔斯才张开他那神圣的嘴唇，唱了两句……那是伊本·法里德一首诗中的：

别人能够忘怀，只有我思念离去的人。

人们聆听着，伸长脖子，似乎是摩苏里从冥冥世界的帷幔后面走出来，低声委婉地对他们唱起上天迷人的乐曲。唱罢，保尔斯沉默着，出席晚会的人们以为他要再唱一首，因为他喝了一杯葡萄酒。但保尔斯一直沉默着。

保　（严肃地）我希望你就到此为止，我不能听这种蠢话，也不相信我们的朋友从这种空洞无物的废话中能得到什么乐趣。

尤　凭你的权利发誓，让我们听完。

保　（站起身）看起来你们宁可听这冷酷的谈话而不愿我同你们待在一起，我向你们告别了。

希　（向保尔斯投去意味深长的一眼）坐下，保尔斯，不管什么情况，我们都同你在一起。（保尔斯坐下了，显示出忍耐和不屈的神情。）

赛　（接着说）我刚才说到受赞扬的保尔斯唱了一句伊本·法里德写的诗，便不出声了。我说这话的意思是他给了那些可怜的饿肚子的人一口佳肴以后，就把餐桌踢翻，砸碎盘子和酒杯，然后像坐在尼罗河畔沙漠上的狮身人面像那样坐着，一言不发。夫人们一个接一个站起身，用最柔和的语言乞求他再唱一首，但他拒绝了，说："我感冒了，觉得嗓子疼。"

不一会儿，那些名人和富商恳求他，在他面前低三下四。他无动于衷，还是摆出一副冷面孔。这真像上帝给他换了副铁石心肠，把他心中的歌换成了卖弄风情。

都过了半夜，出席演唱会的人们从绝望变为极端痛苦。杰拉勒帕夏把保尔斯叫到对面的房间，往他口袋里塞了一把金币，说道："保尔斯先生，你可以让这晚会高高兴兴地结束，也可以让它以恼怒失望告终。因此，我希望你接受我这些小礼物，不是作为报酬，而是作为我对你的感情。你别让我和参加今晚聚会的人失望。"

就在此时此刻，保尔斯变得高大，显出矜持的样子，把金币扔在旁边的椅子上，以开国元勋的口气说道："你在恐吓我，杰拉勒帕夏，而且还侮辱了我。我到你家来不是吟诗唱歌，用我的气息卖钱的，我是作为一个祝贺者来这里的。"

此后，杰拉勒帕夏失去了耐心，恼羞成怒，说了些粗鲁的话，使得保尔斯激愤起来，诅咒和大骂起来，离开了帕夏的家。

而我，我是个可怜虫，拿起了我的琴，跟着保尔斯，离开了那些漂亮的面孔、高挑的身材、醇酒和美味可口的食物。是啊，我抛弃了这一切，都是出于对这位顽固的硬汉的友谊。我牺牲这一切，直到现在，他还没谢我呢，不表扬我的英勇行为，也不承认我的友好和忠贞。

尤 （大笑）这确实是一个有趣的故事，值得用针在眼睛里大书特书！

赛 我还没说这个故事的结尾呢。要说有趣还是在结尾。那魔鬼般的结局连波斯万恶之源和印度人的两代魔王做梦都想不到的。

保 （对希拉娜小姐）我留在这里是表示对你的尊重。现在，我希望你要求这只青蛙到此为止。

希 让他说吧，保尔斯！不管是什么样的结尾，我们都同你一心一意。

赛 （点燃了第二支烟，接着说）我说了，我们从杰拉勒帕夏家出来后，保尔斯再没有骂那些名人富翁，而我却偷偷地骂他，后来……后来，你们猜我们去谁家了？你们以为昨天晚上就这样结束了吗？你们听着！你们吃惊吧！

你们知道哈比卜·萨阿代的家就在杰拉勒帕夏家对面，两家只隔着一个小花园。你们知道哈比卜·萨阿代属于喜欢女人、音乐和幻想的人，还喜欢保尔斯这样的家伙。（指了指保尔斯）我们从杰拉勒帕夏家出来，保尔斯在路中间停了一会儿，擦了擦额头，好像他是个伟大的统帅，正在考虑怎样征服一个反叛的王国。随后突然向哈比卜·萨阿代家走去，用力按了门铃。哈比卜·萨阿代穿着睡衣，揉着眼睛，嘟嘟哝哝，打着哈欠。不过，当他看到保尔斯的脸，又看见我的胁下夹着琴，精神为之一振，两眼发亮，像是天空突然晴朗了。他高兴地大声欢迎："什么风把你在这神圣的时刻吹到这里的？"

保尔斯回答道："我们来这里，是为了在你家庆贺杰拉勒帕夏儿子的婚礼。"

哈比卜说："你们是不是觉得杰拉勒帕夏的家有什么不便，

才来我这简陋的茅舍的?”

保尔斯回答:“帕夏家的墙没有耳朵，听不了琴声和歌声，为此，我们才到你这里来。 拿葡萄酒和吃的来，别多说了。”

我们围着茶桌坐下。 保尔斯喝了不到三杯，便站起身，打开朝着帕夏花园那一面的窗户，然后递给我琴，命令道:

“这是你的手杖，摩西，把它变成一条蛇，命令它吞掉所有埃及的蛇，奏‘纳哈温德’，奏得长一些，奏得好一些。”

我接过琴，对于奴隶来说只得服从。 我奏起了“纳哈温德”。 保尔斯扭脸朝杰拉勒帕夏家望去，高声唱了起来……

(赛里姆停了一小会儿,脸上调侃的神情已经消失,以严肃而从容不迫的口气说道:)

我认识保尔斯已有十五年了，我们还是学生时，我就认识他了。 我听他唱歌总是在悲喜之中:我曾经听他像失去儿子的母亲那样号啕大哭，似情人那样吟唱，如胜利者那样欢欣;我曾在寂静的夜晚听见他在低语，那时城里的居民都已进入了梦乡;我也曾在黎巴嫩谷地听他唱，遥远教堂的钟声使天空充满了魅力和威严。 是啊，我曾听他唱了一千零一次，我曾想象我知道他灵魂的动与静。 但是，在昨晚，当他扭脸向杰拉勒帕夏家，闭起双眼时，唱道:

每天我都倾诉内心的爱情
越是倾诉,爱得就越深

当他唱这一曲时，他玩味着各个音节，就像微风玩弄着秋天的树叶。 我心想:不，我过去并不了解保尔斯的灵魂，只接触了一点皮毛;而现在，我已经深入到内核了。 过去我只听到保尔斯用舌头唱，而现在我听到了他的心和灵魂……

保尔斯唱了一曲又一曲，一首又一首，我甚至想，在天空中有一群仰慕者的灵魂在翱翔，低声呼唤，回忆那遥远的过去，展示被夜晚包裹的人类的愿望和理想。

是的，先生们。（手指保尔斯）这位男子汉昨天晚上沿着艺术的阶梯升上星球了。奇怪的是，直到拂晓，他也没降落下来。

杰拉勒帕夏的客人刚一听见保尔斯的声音从哈比卜·萨阿代家传出来，就蜂拥到窗户前，男男女女在他每一首歌，每句歌词后，都赞叹不已。有的人来到花园，站在树下，兴奋地听着，又感到困惑：这个家伙征服了他们，瞧不起他们，与此同时，他们的心里却充满了天上的醇酒。有人呼叫他的名字，向他问好。有的则恐吓他，甚至辱骂他。

我从一位在场的客人那里得知，杰拉勒帕夏当时像头狮子大吼，从一个房间走到另一个房间，边走边诅咒保尔斯·萨勒班。还向客人们、尤其是跑到花园去的手上端着酒杯和果片的人大发雷霆。

这就是昨天晚上发生的事。对这位疯狂的杰出人物你们有何话说？对他的表现和奇怪的品格有什么看法？

赫 这是件怪事。至于我的意见么，我是欣赏保尔斯先生的才华的，对他，我怀着全部的敬意，但我要说：昨天晚上他错了。他可以在杰拉勒帕夏家里唱，就像他在哈比卜·萨阿代家里唱的那样。他可以用一点自己的艺术报答人们的恳求。（对尤素福·迈萨拉）你有什么看法，尤素福先生？

尤 我不责备萨勒班；同样地，我也不想去了解他的秘密和隐私。因为我知道，问题是个性，这只同他有关。还因为我知道，艺术家的性格，特别是音乐家的性格不同于所有的人。用我们衡量常人的尺度去衡量艺术家和音乐家的作为是不正确和不公正的。艺术家——我指的是以自己的思想和情感创造新的形象的创作家——在亲人和朋友中是一个怪人，在自己的国家是怪人，在这个世界也是怪人。当人们倾向于西面时，他偏偏倾向于东面。他受到隐秘的因素的影响，而他本人却不能排解。在欢乐的人中间，他苦恼；在苦恼人中间，他欢乐。在能人中他是个弱者，在弱者中间他却又是个能人。艺术家凌驾于法律之上。

赫　你的这番话，尤素福先生，它的涵义和旨趣同你关于美术的文章没有什么不同。请允许我再次重申：西方精神，即你所传播的欧洲精神将成为我们作为一个国家、一个民族消失和灭亡的原因。

尤　你以为保尔斯先生昨天晚上的所作所为是你反对和痛恨的欧洲精神的表现吗？

赫　我对保尔斯先生昨天的做法感到惊奇。尽管如此，我还是尊敬他本人的。

尤　难道萨勒班连用自己的声音和艺术做自己想做的事的自由都没有吗？

赫　当然他有自由，想干什么就干什么。不过，我认为，我们的社会生活同这种自由不一致。我们的爱好、风俗习惯不允许个人干保尔斯先生昨天晚上所干的事，这使他落入了尴尬的境地。

希　这是场有意思和有益处的辩论。但是，这场争论的原因就在我们中间，他当然可以自己为自己辩护一番。

保　（经过长时间的沉默后）我本来希望赛里姆不开始这场谈话，而且我还想昨晚发生的事随着昨天一起消失。但是，正如贝克阁下所说的，我处于尴尬的中心，因此不得不表明我在这个问题上的一些想法。你们知道，我也知道，你们是最了解我的，也是批评我最多的。这个人说我卖俏，那个人说我不健全，还有一些人说我是卑贱的小人，而小人无荣誉可言。天哪，这些刻薄的抨击有什么道理？原因在我的性格。是的，我无力改变我的性格，即使能，我也不想改变。我的天，人们为什么关注我和我的性格呢？难道他们不能忘记我的存在吗？

在这座城市里，有许多歌手、音乐家，有许多诗人、说书人，有许多乞丐，他们都是出卖声音、思想和感情的人，还是为一块银币、一口吃的和一瓶酒就出卖自己灵魂的人。我们的名人和富人知道这个秘密，因此，我们看到他们购买艺术家、文学家，付了最低廉的价格。他们把艺术家和文学家展示在家里和高楼大厦里，就像在广场和大街上展览马匹、车辆一样。是的，先生们，东方的歌手和诗人是羔羊，是奴隶。让他们在婚礼上吟唱，在晚会上欢歌，在追悼会上称颂死者，在墓地悼念亡人。他们是在悲哀的白昼和欢乐的夜晚转动的机器；假如没有什么值得悲哀和欢乐的，他们就像没有价值的货物被扔在一边。

我不谴责那些名人富翁，而是谴责那些歌手、诗人、文人，他们不自尊自重，不要脸面。我责备他们，因为他们看不起小人物。我责备他们，因为他们宁愿屈辱和卑贱地活下去。

赫 （兴奋地）人们昨天晚上苦苦恳求你，想尽一切办法讨你的喜欢，给他们唱一支歌，你认为你的演唱、在杰拉勒帕夏家的演唱是屈辱和卑贱吗?

保 假如我在杰拉勒帕夏家唱得出来，我就唱了。但是，我当时环顾四周，见来宾都是些只听银钱响的财主，都是些把生活理解为抬高自己、压低别人的名流。我环顾四周，找不到能区别“纳哈温德”和“拉斯德”的人，也找不到能分开“恋曲”和“伊斯法罕”的人。所以，我无法当着瞎子敞开心扉，无法对着聋子讲述我心中的秘密。

音乐是心灵的语言，它是演唱者和听众灵魂间翻腾的神秘涌流；如果没有倾听和理解的灵魂，那么演唱者也就失去了这种涌流，失去了表达心中的动与静的渴望。音乐如绷紧琴弦的琴，如果弦松了，也就失去了它的特性，变成了线绳。

（他停下，走了几步，又缓缓地说）我精神的弦松弛了，因为在杰拉勒帕夏的家中，在与会者中间，我见到的只是些装模作样的男人和矫揉造作的女人，虚伪的男人和愚蠢的女人，他们无知且妄自尊大。而他们恳求我，其原因只能是我的拒绝和沉默；假如我像许多人一样，属于爱鼓噪的青蛙，也就不会有人注意我了。

赫 （打趣地打断他）此后，你就去了哈比卜·萨阿代家，为了战胜，仅仅是为了战胜，你坐着一直唱到天亮!

保　我坐着一直唱到天亮，因为我想宣泄我内心的积郁，因为我想卸下肩上的重负，因为我想谴责夜晚、生活和世道，因为我迫切需要绷紧在帕夏家松弛了的弦。

至于你刚才以为的，赫里勒·贝克，我想战胜，当然，你有权想你所想。而艺术是一只鸟，怎么想就怎么飞，想什么时候下降就什么时候下降，在这个世界上没有一种力量能够禁锢和改变它。艺术是崇高的精神，不买不卖。东方人应该懂得这个绝对真理。至于我们之中的艺术家——他们比红硫磺还希罕——他们应该自尊自重，因为心灵是上帝为之斟满琼浆的所在。

尤　我同意你的意见，保尔斯，你说出了我无法表达的想法。你是艺术之子，而我是艺术的研究者。我们的区别就是酸葡萄同天上琼浆之间的区别。

赛　萨勒班说的跟唱的一样，听众只得满意和屈服。

赫　我还不满意呢，我也不会满意。你们这种哲学是从欧洲国家传染来的一种疾病。

尤　假如你听过萨勒班唱歌，贝克阁下，就会满意了，就会忘记了哲学。

（此刻女仆走进来，对希拉娜小姐说奶油甜粉丝好了，已经放在桌子上。）

尤　（站起来对全体说）请吧，兄弟们，我们为你们准备了一种可口的食品，非常可口。它几乎同萨勒班的风味一样甜美！

（所有的人站起来，尤素福·迈萨拉、赫里勒·贝克、赛里姆·穆奥维德走出去，而萨勒班和希拉娜小姐仍旧站在大厅里，彼此凝视着，眼中闪着无法形容的光芒。）

希　（低声地）你知道我昨天晚上听你唱歌了吗？

保　（惊奇地）你是什么意思，我的心肝希拉娜？

希　（羞涩地）我昨天在我姐姐玛丽亚家。我是上她那里睡觉的，因为她丈夫出门了，她害怕。

保　你姐夫家是在拐角处吗?

希　它同哈比卜·萨阿代家只隔一条小马路。

保　你听见我唱歌了?

希　我从半夜直到黎明，一直听着你心灵的呼唤，一直听着上帝的语言。

（后台传来尤素福·迈萨拉的说话声——）

尤　快点，奶油粉丝要凉了。

（保尔斯和希拉娜走出去。幕落。）

巴阿莱拜基诗人

1

公元前 112 年。 巴阿莱拜克城[①]。

国王坐在黄金宝座上，四周灯火通明，香烟袅袅。 将领和祭司分列左右，士兵和奴仆迎着太阳，像雕像一般肃立。

时隔不久，歌手唱完歌，声音淹没在夜幕的衣褶间。 首相面对国王站着，以老年人那种微弱而发抖的声音说道：

“伟大的国王，昨天一位印度智者到达本城。 他相貌奇特，知识渊博，我们从未听说过有他这样的人。 他号召人们相信灵魂从一个躯体转移到另一个躯体，从一代传向下一代，直至完美，这样就进入到神的行列。 今晚，这位智者要求觐见陛下，以当面陈述他的见解。”

国王点点头，微笑道：

“既然他从印度国带来了奇异知识，那就让他进来，听听他的说法。”

不一会儿，一位皮肤褐色的中年人走了进来。 他眼睛很大，神情严肃，非常自信。 他不开口，便给人以气质非凡的感觉。 他向国王鞠躬致敬后，扬起头，目光炯炯，开始谈起他的新见解：即灵魂如何从一个躯体转移到另一个躯体，怎样按自己选择的中介因素，由一具骨骼转入另一具骨骼，逐步升华，每经历一件事情，便提高一步，沿着荣誉的阶梯向上攀登，并变得更为强大，与使其幸福和痛苦的爱

---

① 黎巴嫩古城，古代建有崇拜太阳的神庙，又叫太阳城。

情共同生长……随后，他又解释精神如何由一个地方转向另一个地方，寻求它的需要，赎以往犯下的过错，在一地收获于另一地播下的庄稼。

印度智者讲得很久，国王现出厌烦和不安的神情。首相见状便走近智者，对他耳语道：“先说到这里吧，再找机会说。”

智者向下退去，坐在祭司中间闭目养神，仿佛因凝视世界万物及其奥秘而疲倦了。

经过一番无法计算的寂静后，国王左顾右盼，问道：

“我们的诗人在哪里？我有一阵没见到他了……过去他每晚到这里来，今天是怎么啦？”

一位祭司回答道：

“一个星期前，我见他坐在阿史特鲁特庙门廊里，他目光呆滞，神情凄凉，望着遥远的天边，好像他把自己的一首长诗遗失在云彩间。”

一位将军说：

“昨天，我看见他站在松柏林中，我问候他，他不理睬我，依旧沉浸在思索和理想之海中。”

大宦官说：

“我今天在御花园里见过他。我走过去，见他面色蜡黄，热泪盈眶。”

国王温和地说道：

“你们去找他，尽快把他带回来。我们真为他担心。”

奴仆和士兵们去寻找诗人。国王及大臣们默不作声，忐忑不安地等待着，似乎人人都觉得一个看不见的幻影正矗立在大厅里。

不久，大宦官像被猎人击中的鸟儿扑通倒在国王面前。国王大声喝道：

“什么事……出了什么事？”

大宦官扬起头，颤抖地说：

“我们看见诗人死在御花园里了。”

国王站起身来，神色颓丧。他朝御花园走去，前面侍从掌灯照明，后面将领、祭司簇拥着紧紧相随。当他们来到栽满杏树、石榴树的后花园，在黯淡的灯光下，见到一具僵尸卧在草丛间，犹如凋零的玫瑰花枝。

一位侍从说：

“你们看，他紧抱着琴，就像抱着一位俊俏的姑娘，他爱她，她也爱他，约定一起死去。”

一位将领说：

“他仍然像往常一样凝视着天空，似乎从星星之中看到了不知名的幻影。”

大祭司对国王说：

“明天我们把他安葬在阿史特鲁特神庙旁边，由城里的居民为他出殡，少年们吟唱他的诗歌，少女们在他的墓地撒满鲜花。他确实是一位伟大的诗人，让我们为他举行一个隆重的葬礼吧。”

国王摇摇头，目不转睛地望着被死亡面纱覆盖的诗人的面孔缓慢地说道：

“不，不。他活着的时候，走遍全国，他的芳香传播到四面八方，而我们却忽视了他。现在，他死了，我们倒给他荣誉，神灵会蔑视我们，草原神女会嘲笑我们。他的灵魂是从这里飞走的，我们就把他葬在这里，把琴留在他怀里。谁想告慰他，就去他家，告诉他的孩子们说，国王慢待和忽视了他，才使他凄凉和孤独地死去了。”

国王四下看了看，又说道：

“那个印度哲学家在哪里?”

哲学家走上前去，说道：

“我就在这里，伟大的国王。”

国王说道：

“说说，智者，神灵能让我再回到这个世界当国王，让他再变成诗人吗？神灵会把我的灵魂附着在一位伟大国王的儿子躯壳上吗？会把诗人的灵魂注入一个大诗人的躯壳里吗？自然法规会让诗人在永恒世界面前驻足，让他以生命赋诗，让我有幸向他馈赠礼品，使他身心欣悦吗?”

哲学家回答道：

“灵魂向往的一切都会如愿以偿。冬去春来的自然规律将使你重生为伟大的国王，让他重生为大诗人。”

国王笑逐颜开，精神抖擞，随即向宫里走去。他边走边考虑着印度智者的话，心想：“灵魂向往的一切都会如愿以偿。”

2

公元1912年，埃及开罗。

皓月当空，银光洒遍全城。国王坐在王宫的阳台上，注视着清澈的天空，思考着连续不断地经过尼罗河畔的代代源泉，探索着狮身人面像前遗留的国王和开拓者们的业绩，检阅着从金字塔周围向阿比丁宫拥去的人们的行列。

当他想得很久很多，理想的舞台扩展时，国王回头看看他的朋友，说道：

“今天，我喜欢诗歌，为我们唱几首。”

朋友点点头，开始唱起一首蒙昧时代的诗。国王打断他，说道：

“为我们唱一首新一点的。”

朋友再次点点头，唱起了一首伊斯兰初期的诗。国王再次打断他，说道：

“更新的……更新的。”

朋友第三次点点头，唱起了安达卢西亚时期的两重韵诗。

国王说：

“为我们唱首现代诗人的诗吧。”

朋友举手至额，仿佛要请来时代诗人的全部诗篇。随即，他两

眼放光，容光焕发，开始唱起具有神奇音调的幻想诗。这首诗颇有新意，比喻奇妙，让人赏心悦目，心驰神往。

国王注视着朋友，诗句的旋律和涵义使他神魂颠倒。他感到有许多无形的手正把他拽向一个遥远的地方。过了一会儿，国王问道：

“这是谁的诗?”

朋友回答：

“是巴阿莱拜基诗人的。”

巴阿莱拜基诗人！这几个陌生的字在国王的耳朵里翻滚，在他崇高的心灵里诞生出亲切、逐渐清晰、强烈而又缥缈的幻影。

巴阿莱拜基诗人，一个古老而新鲜的名字，使那被遗忘的岁月的图像重返国王的脑海，唤醒了沉睡在深处的回忆：在国王的眼前近似云雾的线条描绘出一位紧抱吉它死去的青年，四周站着将领、祭司和大臣。

如同拂晓时的梦境一样，那番情景突然在国王面前消失了。国王站起身，交叉着手臂，吟诵先知的训词：

“你们本是死者，上帝让你们复活，然后又让你们死去，再让你们复活，然后让你们回到他那里去。”

国王回头望着朋友，说道：

“我们国家有巴阿莱拜基诗人，真让我高兴，我们会亲近他，尊崇他。”

过了一会儿，他又低声说：

“诗人是飞鸟，有独特长处，从天国舞台降到这个世界歌唱。如果我们不尊重他，他会展翅飞回故乡。”

夜晚过去了，天空脱下了饰有星星的服装，穿上用朝霞织成的长袍。国王的心摇晃在万物奇景和生命的奥秘之中。

口蜜腹剑

在黎巴嫩北部展现出金秋景色的日子中，图拉村居民一天早晨聚集在位于居民住宅中央的教堂周围，相互询问、交谈着有关法里斯·拉哈勒突然出走的消息。法里斯丢下新婚刚六个月的年轻妻子，去了只有上帝才知道的一个遥远的地方。

法里斯·拉哈勒是村里的长老和头领，他是从父亲、祖父那里继承的职位。尽管他没超过二十七岁，但已经赢得了乡亲们由衷的尊敬和爱戴。春天，他和苏珊·巴拉卡结婚时，人们说："多么幸福的小伙子！他还不到三十岁，就得到了人们今世向往的一切人间幸福。"

但是，那天早晨，图拉人醒来时，有人告诉他们：法里斯长老带着所有的钱，骑着马离开了村子；临走时，没有同任何亲属朋友告别。人们纷纷猜测，互相询问促使他离开他们，丢下新娘、住宅、田地和葡萄园的种种原因。

黎巴嫩北部的生活接近于另一种含义的社会主义。出于现实的天然倾向，那里的人们同甘苦，共患难。村子里一旦发生什么事，所有的居民都去研究情况，商讨对策。

正是这个原因，图拉人抛开他们的工作，聚集在马尔·图拉教堂，交谈着探询着法里斯·拉哈勒出走的原因。

当人们正在交谈时，村里的牧师扈利·艾斯特凡垂头丧气地走过来。人们靠近他，打听情况，但他只是搓着手，默不作声。过了一会儿，他说道：

"你们不要问我，别问我。孩子们，我知道的全部情况是：天亮之前，法里斯敲我的门。我开门见到他手握马缰，表情十分悲哀。我吃惊地问他干什么，他说：'伯伯，我来是向你告别的。我要去海外，活着就不回这个国家了。’接着，他拿出一封署有他朋友纳吉布·马利克名字的信，法里斯要求我亲手交给纳吉布·马利克。他说完便翻身上马，还没等我弄明白，他就迅速离去了。我就知道这么多，你们别再问我了。”

一个人说：

“毫无疑问，那封信会告诉我们他出走的原因，纳吉布·马利克是他在村子里最好的朋友。”

另一个人说：

“伯伯，你看见他的新娘了吗？”

牧师回答：

“早晨礼拜后，我去看她，见她坐在窗前。失魂落魄地望着远方。当我问她时，她摇着头说：

“‘我不知道，不知道！’

“然后就哭了起来，像个孩子似的号啕大哭。”

牧师的话音刚落，人们被村子东面传来的一声枪响惊呆了。紧接着传来一个妇女的尖厉的喊叫，整个天空为之颤动。村民们一时慌乱不堪，男男女女人人惶悚，随后争先恐后地跑去。当人们跑到法里斯·拉哈勒家外的果园时，人们被一种意外的景象惊呆了，血液仿佛凝固了：他们见到纳吉布·马利克倒在地上，胸腔里的东西正向外喷涌。法里斯·拉哈勒的妻子苏珊·巴卡拉在纳吉布·马利克的身旁，披头散发，撕扯自己的衣服，凄惨地喊叫：

“他自杀了！他朝自己的胸口开了枪！”

人们惊呆了，仿佛被死神的手抓走了灵魂。牧师走上前去，见死者右手拿着一封信，正是自己亲手交给他的那封信。死者紧紧攥着那封信，仿佛想把它变成自己的一部分。牧师拿起那封信，乘没人看见，装进自己口袋，捂着脸退出来。

人们把纳吉布的尸体抬到他可怜的母亲家。她刚一见尸体，便失去了知觉。

几个女人照顾着法里斯·拉哈勒的妻子回到家时，她已半死不活了。

扈利·艾斯特凡回到家，关上门，戴上眼镜，取出从纳吉布·马利克手中拿到的那封信，声音发颤地读道：

纳吉布兄弟：

我离开这个村子，因为我在这里，对你、对我妻子和对我都带来了不幸。我知道你灵魂高尚，不会背弃你的朋友和邻居。我知道我妻子苏珊纯洁无瑕。但是，我同时也知道，爱情把你的心和她的心紧紧连在一起，并且凌驾于你们俩的意志之上，你无法把它清除，这同你不可能使迦迪沙河断流一样。

纳吉布，你从童年时代起就是我的朋友，那时我们同在田野里和教堂广场上玩耍。在上帝面前，你仍然是我的朋友。我希望你将来也想着我，像你过去那样。明天，或者此后，当你看到苏珊时，你对她说，我爱她，可怜她；你还要对她说，在夜深人静时，我看到她跪在耶稣像前哭泣和捶胸的样子，感到十分难过。当一个女子站在一个爱她的男子和她所爱的另一个男子中间时，这是最难的。可怜的苏珊正处在这经常的折磨之中。她曾想尽她作为妻子的责任，但无法扼杀自己的感情。

至于我，要去遥远的地方，而且不再回这个家园，因为我不想成为你们俩幸福的绊脚石。最后，我的兄弟，我希望你永远忠实于苏珊，保护她直至最终。因为她为了你牺牲了一切，有权得到一个男人能向女人贡献的一切。

留下吧，纳吉布！我说过，你是位灵魂高尚、心胸宽广的男子汉。上帝会为你的兄弟而保佑你！

法里斯·拉哈勒

扈利·艾斯特凡读完信，将它折起来，装回口袋，然后坐在窗边，望着远处的河谷，满是皱纹的脸上显示出深思的神色。

不久，他突然站了起来，仿佛经过深思之后，他已由表及里、发现一个隐藏很深的微妙的秘密。他大喊道：

“法里斯·拉哈勒，你多么精明啊！我明白了你是怎样杀死了纳吉布·马利克，自己却落得个清白。你给他送去了裹着蜂蜜的毒药，送去了包着丝绸的利剑，给他送去了包在信里的死神。当他的枪对准自己的胸口时，你还握着他的手，你的意志控制了他的意志……啊！法里斯·拉哈勒，你多么精明！”

扈利·艾斯特凡晃着脑袋，捋着胡须坐了下来。他闭上眼睛，微笑着，微笑中包含了比悲剧更可怕的涵义。过了一会儿，他从旁边的柜子里取出一本书，开始阅读起圣徒阿夫拉姆·西尔亚尼的二重韵诗；他不时抬头，听着从村中传来的妇女的喊叫声。

外套以外

半夜，拉黑尔睁开眼睛，朝天花板望了片刻，又合上眼，断断续续地作了几次呼吸，她以近乎喘息的声音说：

“晨光已照亮了谷地，我们去会见它吧。”

此刻，牧师走近她的床榻，摸了摸她的手，发现她的手冰凉；牧师又把手按在她的胸口，感到她的心静如枯井。 牧师垂下头，嘴唇发颤，仿佛想说出夜晚幽灵在这空荡漫长的山谷里反复呼叫的神圣字眼。 他将拉黑尔的双臂交叉在胸前，回头看了一眼坐在黑暗角落里的男人，充满怜悯和同情地说：

“你的妻子已去见她的主了。 站起来，我的兄弟，跪在我身边，让我们祈祷。”

男人抬起头，脸色变了，睁大了眼睛，好像从房屋的空间里看见了无名神灵的影子。 随后，他慢腾腾地站起身，朝妻子的床铺走去，跪在牧师身边祈祷，痛哭，不时地在脸上和胸口画着十字。

牧师站起来，一只手搭在男人的肩膀上，说道：

“起来，我的兄弟！到别的房间去，你需要睡觉和休息。”

男人不反对，站起来向对面房间走去，直挺挺地躺在一张窄小的床上，仿佛被忧愁、不眠和等候耗尽了全部精力。

刚过几分钟，男人就像母亲怀中的婴儿一样睡熟了。

牧师如一尊雕像矗立在房间中央，热泪盈眶地注视着少妇的尸体，又望望在对面房间里熟睡的她的丈夫。

过了一小时，这一小时比一生更漫长，比死神更可怕。 牧师站在躺卧的一男一女之间——男人似冬眠大地，梦想着大地春回；女人同逝去的时光共眠，梦想着永恒的理想。

牧师靠近少妇床榻，像跪在祭坛旁那样跪在她面前，握住她冰冷的手，放到自己发抖的唇边；望着她被死亡面纱覆盖的脸庞，以像黑夜一样平静的声音、似海洋一般深沉的语调说道：

“拉黑尔，拉黑尔！你是我灵魂的姐妹，请听我说，拉黑尔，我现在能说话了：死神打开了我的口，让我向你透露比死亡更深奥的秘密；痛苦松开了我的舌头，让我向你揭示比痛苦更严酷的事实。请你听我灵魂的呼喊，你翱翔在天地之间的灵魂啊。请你听一听，你还记得那个青年吗？每当你从田野里回来，他因害臊，不敢看你漂亮的面孔，便藏进树丛之间；你还记得那位侍奉上帝的牧师吗？他因你已到达天国而毫无恐惧地呼唤你！”

牧师低声说完这些话，伏下身体亲吻她的前额、双眸和脖颈，长久而热情的亲吻，无声而神圣的亲吻，表达了他心中的爱情与痛楚的秘密。

他突然后退几步，倒在地上，犹如秋天的树叶浑身发抖。看来接触到女子冰冷的面孔，唤醒了他忏悔的情怀。他挺身而跪，用手捂着脸，暗自说道：

“主啊，宽恕我的罪过！神灵啊，原谅我的软弱！我难以忍耐到最后！生命埋藏在我心里达七年的秘密，死神仅用一分钟就揭穿了。饶恕我，主啊，原谅我的软弱，我的神……”

牧师一直恸哭不已，痛苦不堪，左右摇晃着脑袋。他不看少妇的尸体，害怕泄露心中的哀痛，一直到东方破晓，晨曦将它那玫瑰色的饰带挂到那代表着爱情、宗教、生命和死亡的物质画面之上。

贪心的紫罗兰

在一座孤零零的花园里有一株紫罗兰，花瓣艳丽，馥郁芬芳，心满意足地生活在同伴当中，欢欣愉悦地在草丛中婆娑起舞。

在一天早晨，紫罗兰头戴露珠桂冠，昂起头，环视四周，见到一株玫瑰花，枝干纤细，翘首蓝天，活似插在宝石灯座上的一柄火炬。

紫罗兰张开蓝色的嘴唇，叹道：“我是群芳中最不走运的。在百花中，我的地位最卑贱！大自然把我造就得最低矮，只配在地面上生长，我不能像玫瑰那样枝插青天，面向朝阳。”

玫瑰花听到邻居紫罗兰的叹息，笑着，摇着头说：“在百花中，你最糊涂！你是身在福中不知福。大自然赋予你馥郁、温文尔雅和美丽，许多花草都无缘得到。你还是打消那些奇思异想和罪恶的念头，还是满足天赐之福吧！你要知道，知足者常乐，谁贪得无厌谁适得其反。”

紫罗兰回答道：“玫瑰花，你之所以安慰我，是因为你已经得到了我所想得到的一切；你之所以用格言粉饰我的卑贱，因为你是伟大的。在倒霉者的心目中，幸运者的劝诫多么苦涩；面对弱者慷慨陈词的强者，是多么冷酷无情！”

大自然听到玫瑰花同紫罗兰的对话，不胜惊讶。过了一会儿，大自然大声说：

“你怎么了，我的女儿紫罗兰？我了解你，你朴实可人，小巧玲珑，温文尔雅。是可恶的贪欲缠身，还是虚荣心占据了你的心？”

紫罗兰哀叹道：

“母亲啊，你力伟恩深，我要向你倾诉心中的恳求和愿望，请你一定答应我的要求，把我变成一株玫瑰花，哪怕变一天也成。”

大自然说道：

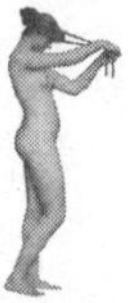

“你不明白你的要求意味着什么。你不知道，在华美的外观背后隐匿的巨大灾难。假若你变得高大，改换容颜，成为一株玫瑰花，到时候会后悔莫及的。”

紫罗兰说；

“改变我紫罗兰的外貌，让我变成枝干挺拔、昂首蓝天的玫瑰花吧……只要变成玫瑰花，不管发生什么，我都算如愿以偿了。”

大自然说：

“你这不听话的愚蠢的紫罗兰，我答应你的要求！不过，如果遇上什么灾难，那你只能抱怨自己太傻。”

大自然伸出具有神秘力量的手指，轻轻抚摸紫罗兰的根须，紫罗兰便变成了一株鲜艳、挺拔、立于群花之上的玫瑰花。

当天傍晚，天空乌云密布，狂风呼啸，整个世界电闪雷鸣，大风裹挟着倾盆大雨向花园袭来，摧折了树干枝条，刮弯了许多花卉，无数草木被连根拔起，只有爬地或者藏匿于石头缝隙间的矮小花木、荆棘幸免于难。

而这座孤单的花园更遭到其他花园不曾遭遇的大劫。

暴风雨没有停息，乌云没有消散，花园里落英遍地。风暴过后，只有隐蔽在墙角的紫罗兰安然无恙。

一株幼小的紫罗兰昂起头，望着园内花木破败的景象，得意地微笑了。过了一会儿，它召唤伙伴们说：

“你们快看哪，看看暴风雨是怎样对付那些骄傲的大个子们!”

另一株紫罗兰说：

“我们挨着地，经过暴风雨这阵狂怒，却安然无恙。”

第三株紫罗兰说：

“我们个矮体微，但暴风雨却压不倒我们。”

此刻，紫罗兰王后看见昨天变成玫瑰的那株紫罗兰就在身边，它已被风暴连根拔起，叶子散落在地上，像是身子中了敌人利箭那样，倒在湿漉漉的草丛中。

紫罗兰王后挺起腰，舒展枝叶，召唤道：

“女儿们，你们好好看看！瞧这株受贪欲怂恿的紫罗兰，变成了一株挺拔一时的玫瑰花，随后坠入万丈深渊。她的下场应该成为你们的殷鉴。”

此时此刻，垂危的玫瑰花战栗着，竭尽全力，断断续续地说：

“知足的傻姐妹们，害怕暴风雨的姐妹们，你们听我说，昨天我像你们一样，安坐在绿叶丛中，满足于天赐之福。知足是难以逾越的障碍，把我同生活的风暴分离开来，使我心旷神怡，无忧无虑。我本来可以像你们一样，挨着地面，冬来以雪裹身，像前人那样走向死亡的寂静——那时还不知道存在的真谛。

“我本来可以远离贪欲，弃绝超越我本性的事物。但是，我在寂静的夜晚聆听到上天对这个世界说：‘存在的目的就是追求存在以外的东西。’于是我背叛了自我，向往没有的东西，以至这种背叛转变为一种巨大的能量，我的渴望化为异想天开的意念。我便要求大自然——我们内心梦想的体现——把我变成一株玫瑰花。大自然做到了。大自然总是用偏爱和渴望的手指改变着自己的容颜。”

玫瑰花停了一小会儿，又以自豪，满足的口吻说道：

“我当了一小时的王后。我用玫瑰花的眼睛观看了宇宙，用玫瑰花的耳朵聆听了太空的私语，用玫瑰花的叶子感受了光明。你们诸位有谁得到过此份殊荣?”

玫瑰花耷拉下脑袋，以近乎喘息的声音说道：

“我现在要死了，我内心有一种紫罗兰不曾有过的感触。我要死了，我了解到我出生的那个有限环境以外的事物，这就是生活的目的，这就是隐藏在白昼黑夜间发生的偶然事件背后的真正本质。”

玫瑰花收拢叶子，身子略略一颤，便死去了。此刻，它的脸上显示了神圣的微笑——实现生活愿望后的微笑，胜利和满足的微笑，上帝的微笑。

诗　人

在这个世界上，我是个陌生人。

我是个陌生人，远离故乡，孤独寂寞，痛苦不堪；但是，它使我永久思念着我不认识的神秘故乡，在我的梦想里总出现我从未见过的遥远的土地。

我远离了亲人和朋友。假如我遇到一位乡亲，我定会问自己：这是什么人？我是怎么认识他的？是什么缘分使我同他相逢？我为什么靠近他，同他坐在一起？

我不了解自己。我听到自己的舌头在说话，而耳朵对自己的声音吃惊。也许我看到自己的内心在欢笑、哭泣、惊异、恐惧，于是我欣赏自己，灵魂在自问自答。但是，我一直默默无闻，被云雾裹身，被寂静缠心。

我不了解自己的身体。每当我站在镜子前，就会从我的外表看到我未曾感觉到的东西，从我的眼睛里看到我内心深处没有隐藏过的秘密。

我走在城里的大街上，一群青年跟着我叫喊：

“这是个瞎子。让我们给他一根棍子，供他拄着走。”

我急忙躲开他们。随后，我遇到一群少女，她们扯住我的衣角，说道：

“他聋得像一块石头。让我们把情歌灌满他的耳朵。”

我立即离开她们。不久，我又遇到几个中年人。他们围着我，说：

“他像坟墓一样喑哑。来呀，让我们把他的弯舌弄直!”

我害怕地离开他们。随后我见到几位老年人，他们用颤抖的手指指着我，说道：

“他是个疯子，在邪恶和妖魔的舞台上失去了理智。”

在这个世界上，我是个陌生人。

我是个陌生人。我游历了地球的东方和西方，找不到自己的故乡，没碰上过认识我的人，没人听说过我。

清晨，我醒来，发现自己被关在漆黑的山洞里，毒蛇从顶上倒悬下来，地上蚁虫密布。我走向光明，只有影子跟随着我；而思想从我面前走开，去我不知道的地方，寻求我所不理解的事情，抓住一些我所不需要的东西。

当夜晚来临，我返回洞穴，躺在用鸵鸟毛和骆驼刺枝铺成的床上，各种奇异的念头缠住我的心，悲喜交集。半夜时分，山洞的缝隙里冲出过去的魔影和民族亡灵，出现在我的眼前：我望着他们，他们也望着我；我向他们探询，他们微笑地回答；我试图抓住他们，他们立刻化为一缕青烟，消失不见。

在这世界上，我是个陌生人。

我是个陌生人，没有人听得懂我心灵的语言。

我走在空旷的田野里，看见溪水从山谷深处喷涌而出，直上崇山之巅。我看到光秃秃的树木，转瞬间换上绿装，继而开花、结果、树叶落到谷底，一眨眼的工夫变成一条条蠕动的毒蛇。我看到鸟儿展翅高飞，或高或低，鸣啭歌啼；不久，飞鸟变成裸女，披散着秀发，亭亭玉立，含情脉脉，绽露笑容，她们向我伸出手，纤指洁白，芬芳扑鼻；不久，她们不见了，如云雾升腾，从空中传来嘲弄的笑声。

在这个世界上，我是个陌生人。

我是个诗人。我用生命写的散文作诗，借生命作的诗著文。因此，我是个陌生人，我将长久是陌生人，直至命运捕获我，载我回故乡。

言语和夸夸其谈者

我已对言语和说话的人感到厌烦。

我的精神对言语和说话的人感到疲倦。

我的思想就丢失在言语和说话人之间。

清晨，我醒来便见到言语坐在我的床边的报纸、杂志和信件上，用充满狡诈、恶毒和虚伪的目光盯着我的脸。

我下了床，坐在窗户边，想喝杯咖啡以驱除眼里的困意。言语紧随着我，站在我面前，手舞足蹈，狂呼乱叫。我伸手端咖啡杯，言语紧紧跟随，并同我一起呷起咖啡。我抽出一支烟，言语也抽出一支；我扔掉烟蒂，它也扔掉。

我开始干活，言语也紧追着我，在我耳边叽叽喳喳，在我周围喋喋不休。在我脑子里噼噼啪啪地响作一团。我想赶它走，它却哈哈大笑，随即又叽喳、噼啪个不停。

我上街去，见言语站在每一家店铺门前，紧靠在每家的墙上。我看到言语挂在沉默者的脸上，随着他们或静或动，而他们却毫无察觉。

假如我坐在朋友身边，那言语就是第三者。倘若我遭遇敌人，言语就膨胀、延伸，然后分身，变成一支浩浩荡荡的大军，其先头部队在大地东方，其后卫在西海之滨。当我离家远游时，言语的回声一直在我腹中作响，结果我胃口不好，消化不良。

我去法院、学院和学校，看到言语及其父兄为欺骗穿上外衣，让诡计戴上头巾和穿上鞋子。

我来到工厂、机关和办公室，看到言语同它母亲、姑母和祖母站在一起，鼓动双唇间的舌头，她们对它微笑，也朝我大笑。

假如还没失去信心和耐心，我便去访问庙宇和寺院，见言语坐在宝座之上，头顶着王冠，手中有做工精细、样式玲珑的权杖。

当我晚上回到房间，发现白天见到的言语像蛇一样从房顶倒垂下来，像蝎子在洞中繁衍。

言语在天空和天外，在地上和地下。

言语栖息在苍穹云霄之上，大海波涛之间，在林海之中，在洞穴之内，在高山之巅。

言语在一切地方。 那么，喜欢安宁、寂静的人都到什么地方去呢?

在这世界上，有我能参加其中的哑人群吗?

上帝会怜悯我，赐予我以先天性的聋哑，让我在永恒寂静的天堂里幸福生活吗?

难道世界上竟没有一角之地，在那里听不到舌头的搅动声? 难道这世界上就没有既不出售也不购入言语的地方?

但愿我知道，在地球的居民中，有不尊自己为夸夸其谈者的人吗? 在人类之中，有谁的嘴不为言语窃贼所占据呢?

倘若夸夸其谈者只有一种，我们就满足和忍耐下来了，但他们各式各样，不计其类。

第一种叫“自卑型”，他们整个白天生活在沼泽地里，夜幕降临，便靠近岸边，将头探出水面，于夜深人静时发出怪叫声，令人耳烦心乱。

第二种叫“蚊虫型”，他们是沼泽地的产物，围着你的耳朵飞来飞去，发出高分贝的魔鬼般的无聊声音。

第三种叫“转磨型”，是奇怪的一伙，每个人的内心都有一盘用明矾和酒精转动的石磨，发出地狱般的响声，其最细微的响声也比石磨的声音刺耳。

第四种是“黄牛型”，在肚子里塞满了干草，站在街头巷尾，哞哞地叫唤，其声音中最柔和的也比水牛的吼叫粗蛮。

第五种是“猫头鹰型”，他们常在生活之墓消磨时间，把黑暗中的宁静化为啼哭，其中最欢快的也比猫头鹰的叫声凄惨。

第六种是“锯子型”，他们眼里的生活就是些木料，他们以分割木料度日，因而发出了锯木声，其最甜润者也不比锯子的响声虚弱。

第七种是“鼓皮型”，他们用大锤敲击自己的心灵，从一无所有的口中发出咚咚的响声，其间最微弱的也比鼓声震耳。

第八种是“游手好闲型”，他们没有工作，也不干活，哪里有座位便坐下说，喋喋不休，口若悬河，至于说些什么，谁也听不清。

第九种是“无聊型”，他们和人们捉迷藏，他们彼此也捉迷藏，还以幽默的名义求援，但幽默是严肃的一种，可他们却不知道。

第十种是“织机型”，他们用空气织布，于是结果如故——既无裤子，又无上衣。

第十一种是“欧椋鸟型”，诗人说这种鸟一旦翱翔在天空，便以为自己变成了兀鹰。

第十二种是“铃鼓型”，他们号召人们去修行，他们自己却不去。

夸夸其谈者种类繁多，不胜枚举，无法描述。我以为其中最怪异的是“睡眠型”，他们的鼾声充斥整个宇宙，而他们却充耳不闻。

我已对言语和夸夸其谈者表示了厌恶，现在我认为自己是一个患病的医生，或者像一名罪犯，在罪犯中充当布道者。我伤害了言语，而且使用的武器就是言语。夸夸其谈者是不祥之人，而我就是其中之一。上帝会宽恕我的罪孽吗？上帝能在怜悯我，把我送到思想、情感和公理的森林——既没有言语，也没有夸夸其谈者的地方——之前宽恕我吗？

1923

关偁 译

奇珍异宝

外壳与内核

我饮过的杯杯苦酒，其残液都甜如蜜。

我登上崎岖山路，总能到达绿色草原。

我在夜幕中失去的朋友，都在黎明曙光中寻见。

我多少次靠坚持的外衣掩盖痛苦和烦恼，以为这样会得到补偿和改善。但是，当我脱去外衣，却见痛苦已转为欢乐，烦恼已变成冷静和平和。

我多少次与同伴走在表面的世界，便自言自语道：

“他多么愚钝，多么低能！”

但我刚抵达秘密的世界，就感到自己失之迷误，朋友文雅且富有智慧。

我多少次自我陶醉，把自己和酒友看成绵羊和恶狼；当我酒醒之后，才看清我是人，他也是人。

人们啊，我，你们，都被周围的情况迷惑，而我们对所不了解的真理却熟视无睹。假如我们中有人跌倒，我们便说他堕落；假如他动作迟缓，我们便说他气馁绝望；假如他支吾口吃，我们便说他是哑巴；假如他唉声叹气，我们便说那是临终前的喘息，他要死了。

我，你们都注重“我”的外壳和“你们”的表面。因此，我们不去看灵魂向“我”表示的东西以及灵魂在“你们”身上隐藏的东西。

既然我们浑身骄气，忽视自身的真实，那还能干什么呢?

我告诉你们，也许我刚才那番话掩盖了我的真实面貌；我告诉你们，也告诉自己：我们肉眼所见的，不外是一朵遮住我们视力该见到的东西的乌云；我们耳朵所听的，不外是歪曲了我们该用心灵把握的东西的叮咚声。假如我们见一位警察把一个人送到监狱，我们不该判断谁是罪犯；假如我们见一人倒在血泊中，另一个手上染有血迹，明智的做法是不断定哪一个是凶手，哪一个是被害者；假如我们听到一人引吭高歌，另一个失声痛哭时，先忍耐一下，直至能认定谁真快活。

不，我的兄弟！不要凭外表求证一个人的真情，不要凭一言一行作为一个人良心的标记。也许那个因笨嘴拙舌、口齿不清而被你认为愚钝的人，他本质上聪颖，他的心田恰恰栖息着悟性；也许那个因相貌丑陋、地位卑贱而遭你藐视的人，正是苍天给大地的一份礼物，是上帝给人们的一件馈赠。

你也许在一天访问了一座宫殿和一间草房。你走出宫殿时，怀有恐惧；离开草房时，充满同情。但是，如若你扯碎你感觉到的表象，你的恐惧会缩小，降至遗憾的水平；你的同情会改变，升至尊崇的高度。

你可能在早晨和黄昏同两个人相遇，第一个人同你交谈时，声音中带有暴风的喧嚣，动作里具有军旅的严峻；第二个人同你说话时，战战兢兢，声音发抖，磕磕巴巴。你把第一个人称为坚毅、勇敢，认为第二个人颓废、怯懦。不过，假如你见到他们——岁月让他们迎着困难上，或者为一个原则去牺牲，你会明白，庸俗的厚颜并非勇敢，无言的羞怯并不是怯懦。

你也许会从住室的窗户向外望，见到行人中有一位修女走在右边，一个妓女走在左边，于是你立即说：

“这个多么高贵！那个多么下贱！”

但是，你若闭上眼睛，倾听片刻，便会听到太空中耳语般的声音：

“这一个用祈祷恳求我，那一个用痛苦请求我，她们俩的灵魂，都受到我的灵魂的庇护。”

你也许在地球上巡游，寻找你称之为文明、进步的东西。你走进一座城市，那里宫殿雄伟，学院堂皇，街道宽阔；人们匆忙地从一地到另一地，这个潜入地下，那个遨游天空，这个捕捉闪电，那个探询空气。他们全都身着合体、剪裁精良的衣服，好像都在过节或联欢。

几天后，你来到另一座城市，那里房屋简陋，街巷狭窄。一旦遇雨，全城变成水乡中的泥淖；太阳升起，全城满是尘埃。这里的居民仍很淳朴松弛，像是弓上松弛的弦；他们行走缓慢，干活拖拉；望着你时，好像眼睛后面还有一双眼睛盯着离你较远的东西。于是，你带着厌恶之情离开这座城市，暗自说道：

“在这两座城市中，我所看到的区别就像是初生与垂死的区别。一边方兴未艾，另一边步步后退；一边如春夏般兴隆，另一边似秋冬般萧瑟；一边强壮如青年，在园中欢舞，另一边泄气如老翁，在灰中躺倒。”

但是，如若借上帝之光去看这两座城市，便会见到它们是一座花园里相似的两棵树。假如你看得更深入一些，触及到它俩的本质，你以为正在上升的，只不过是行将爆破的发亮的气泡；而你认为软弱无力的，正是隐蔽的稳定的本质。

不，生命不在于它的表象，而在于它的内涵；可见的事物不在于它们的外壳，而在它们的内核，人不在于面孔，而在于心灵。

不，宗教不在于教堂、寺庙所表现的，也不在于仪式和传统，而在于隐藏在内心，通过意念升华的东西。

不，艺术并不在于你耳朵听见的一首歌的抑扬顿挫的旋律，或一首诗的铿锵词句，艺术也不在于你眼见的一幅画的线条和色彩；而在于这首歌中那段无声的颤抖的距离，在于这首诗渗入你身心的宁静而孤独地守在诗人灵魂中的东西，在于这幅画给你的启示——你视线中所见到的比画本身更远更美的东西。

不，我的兄弟！昼夜不在于它们的外观，我穿行在白昼与黑夜中。我不在于我对你吐露的这些话，而在于这些话带给你的我的平静的心曲。这样，在你检查我隐藏的自我之前，不要把我当成愚人；在我因袭的自我暴露之前，不要把我当成天才；在窥见我的内心之前，不要说“他是个悭吝人”；在不了解我慷慨的背景之前，不要说“他是个大方人”；在我的爱带着全部光与火清楚地展现在你面前之前，你不要称呼我为热爱者；在抚摸我血迹斑斑的伤口之前，你别认为我是个无忧虑的人。

我的心重负着果实

我的心重负着它的果实，哪一位饥饿者来采摘、享用、吃饱？

人们之中就没有一个斋戒者，以我的果实为早餐，让我从丰收的重担中赢得欢乐吗？

在金子和银子的重压下，我心已经耗尽全力，有谁来装满口袋，以减轻我的负担？

我的心装满了世代陈酿，哪位口渴者来畅饮喝足？

这个男人站在街心，向人们伸出捧满珠宝的手，呼唤道：

“行行好，从我这里拿去吧！可怜可怜我吧！把我这里的拿走吧！”

可是人们走着，连头都不回。

但愿他是个乞丐，伸出颤抖的手，向过往行人讨乞，收回时仍然是颤抖的手。 但愿他是失明的瘫痪者，人们经过他时不闻不问。

这是位慷慨的富人，他在不毛的荒野和山麓间，每晚点燃照亮道路的灯火，派出仆人等候，也许他们能迎回一位可供款待的客人。但是这些道路都吝啬，没送来一个领受馈赠的人，也没带回一个需求者。

啊，但愿他是位遭抛弃的穷人！

但愿他是云游四方者，手持拐杖，肘挎水罐，一旦夜晚降临，他同四处飘零的乞丐们会聚在弯曲的小巷中，他挨着他们坐下，分享施舍的面包。

这里有一位大君主的女儿，从梦中醒来，起身下床，穿上衫裙，戴上珍珠宝石，头发上洒了麝香，手指浸过龙涎香，然后走到花园里散步，露珠浸湿了她的裙裾。

夜深人静时，大君主的女儿在花园中寻找情人。 但是，在她父

王的国度里没有爱她的人。

噢，但愿她是农夫的女儿，在山上放牧父亲的羊只，晚上回到草房，脚上沾着无人踏过的尘埃，衣衫散发出果园的馨香。待万籁俱寂时，她轻轻地来到情人等候的地方。

但愿她是修道院的修女，她把心烧成烟雾，空中散布着她心灵的芬芳；她把灵魂当蜡烛一样点燃，天空都载有她的灵光。她跪下祈祷，神秘的幻影将她的祈祷送往时间的宝库；在那里，在恋者的热情和孤独者的忧思旁，保存着虔诚者的祈祷。

但愿她是一个年迈的老妪，与分享过她青春的人一起晒太阳取暖。这比当大君主的女儿要好得多；在她父亲的王国里没有人把她的心当面包嚼，把她的血当酒喝！

我的心因果实而感沉重，地球上有饥饿者来尽情采摘、享用吗？

我的心满载着佳酿，有口渴者来饮用、喝足吗？

噢，但愿我是棵不开花不结果实的树！丰产的痛苦比不孕的痛苦更甚；无人求告的富人的痛苦比无人施舍的穷人的失望更恐怖！

但愿我是口枯井，任人们落井下石；这比我是一眼旺泉，口渴者走过不饮一口还要好。

但愿我是一根被踏烂的芦苇，这比我是哪家的吉他上的银弦要强；这家主人的手指被折断，他的亲人都是些聋子！

岸边一抔沙

爱情的忧愁在歌唱，知识的忧愁在说话，愿望的忧愁在低语，贫穷的忧愁在号哭。不过，还有一种忧愁，它比爱情更深刻，比知识更尊贵，比愿望更强烈，比贫穷更苦涩；但是，这种忧愁哑然无声，眼睛像星星一样闪烁。

当你遭遇不幸并向邻居诉说时，是将自己的一部分心灵托付给他。倘若他心胸开阔，便感谢你；倘若他心胸狭窄，会鄙视你。

进步并非改善“曾经”，而是走向“将要”。

贫乏是遮掩骄傲的面纱，诉苦是掩饰灾难的面具。

当野蛮人肚饥时，从树上摘下果子吃；当文明人肚饥时，则通过一个又一个买主从摘果子的那里买果子吃。

艺术是从明显的已知向神秘的未知迈出的一步。

有些人引诱我效忠他们，以享受对我宽容的乐趣。

除非一个人认为我欠着他的，否则我不了解他的内心。

大地呼吸，我们便降生；大地休息，我们便死亡。

人的眼睛是显微镜，把世界放大了。

面对那些视无耻为勇敢，视温柔为软弱的人，我是个清白的人。

面对那些把啰嗦当作知识，把沉默看作愚钝，把做作认为是艺术的人，我是个清白的人。

我们视为困难之事，或许有简易办法解决之。

他们对我说道：

“你若看见一个奴隶在睡觉，不要叫醒他，也许他正做着自由之梦。”

我对他们说：

“你若看见一个奴隶在睡觉，就叫醒他，同他谈谈自由。”

使人生厌的是最低级的小聪明。

美俘虏了我们，而最美却开释我们，甚至从它自身中。

热情是一座火山，山顶上不长任何犹豫之草。

河流执著地奔向大海，不管磨轮破损或是完好。

文学家由思想和情感制造，然后被赋予语言；研究者由语言制造，然后被赋予一点点思想和情感。

你吃得快，走得慢；何不用脚吃，用手走呢！

除非你眼里的世界变小，你的欢乐或者忧愁才变大。

科学催发你的种子，而不是向你撒播种子。

我只在以憎恨作为自己的武器时，才憎恨；我只在自认软弱的情况下才去使用它。

假如耶稣的先人知道自身的隐秘，定会谦恭地伫立在耶稣的面前。

爱是一种颤抖的幸福。

他们认为我目光锐利，因为我是从筛孔中看着他们。

我刚一感到孤独的痛楚，人们便赞扬我的缺点——絮叨，批评我的优点——缄默。

人们中有杀人不见血的凶手，不偷东西的窃贼，只说真话的骗子。

需要证明的真理是半个真理。

你们为何不让我离开不哭的智慧，不笑的哲学，不向儿童低头的伟大呢？

智慧的世界啊！你被万物的表象所遮蔽，因万物而存在，存在于万物并属于万物。你在听我讲，因为你是我本身的现在；你在看着我，因为你是一切生命的目光。请向我灵魂里播下一颗你智慧的种子，让它在你的森林中生长，并提供一个你的果实。阿门。

雾中一叶舟

这是一个男人的谈话。在一个狂风抖擞、大雪铺地的夜晚，我们聚会在他坐落在卡迪什山谷的独立小屋。

他用木棍拨弄着炉火，说道：

"伙伴们，你们要我披露我忧郁的秘密。

"你们想听我说这日夜萦绕着我的悲剧。

"你们已厌烦了我的缄默不语，对我的叹息和烦躁感到不安。你们中有人说：'假如这个人不把我们带到他痛苦的殿堂，我们怎么能走进他友好的家呢？'

"伙伴们，你们说了：'谁不同我们分担痛苦，就不能与我们在另一件事上共处。'

"那好，请你们听我的故事。请听好，你们不要同情我。同情只适合于那些弱者，尽管我有自己的苦恼，但仍然坚强。

"在我年轻时，无论是醒觉时的理想或是梦中，我都看见一个从外表到内心都很奇特的女子的影子。在孤独的夜晚，我见她伫立在我的床榻边，听到她平静的声音。有时，我闭上眼睛，感觉到她的手指在抚摸我的额头，便睁开双眼，惊跳起来，倾听着虚无的低声细语。

"我自言自语道：

"'你是陷进幻想而迷失在雾中吗？你是用梦中的雾气制造了一个面容姣好、声音优美和动作轻柔的女子，以取代现实中的物质的女子吗？是神志不清，把幻想中的女子恋爱、亲近和信赖，避开众人以同她厮守吗？'

"我闭上眼睛，堵上耳朵，与外界的一切景象和声响隔绝，只听她的声音，只看她的模样。我难道疯魔到了离群索居，并为此塑造了一个女伴和妻子吗?

“我用了‘妻子’这个字眼，你们一定会感到诧异；还有些奇怪的表达方式，不过我们不能去用，因为那是我们日常生活中不可能有的现象。惊异也好，我们不用也好，都不能抹去我心中的现实。

“那个幻想中的女子是我的妻子，她帮助我，同我交流生活中一切爱好、渴求、欢乐和愿望。早晨，只有在见到她倚在我床上的枕头边时，我才醒来。她注视着我，目光中充满了童贞和母爱。只有在她的帮助下，我才着手工作。只有她坐在我对面，同我交谈，交换想法，我才坐下。

“当夜幕就要降临时，她走近我，说道：

“‘来吧，在家里待够了，我们到山上和洼地走走。’

“我旋即放下手头的工作，握住她的手指随她出去。在淡淡的夜幕下，我们于万籁俱寂中来到一片空地，并肩坐在一块大石头上，眺望遥远天际。她一会儿指指映天晚霞，一会儿又让我注意鸟的鸣啭——意味着感谢和安宁的飞鸟回巢前的动人鸣啭。

“有多少次，我正慌乱不已时，她走进我的工作间。我一见到她，便变慌乱为平静，变手足无措为有条不紊。

“有多少次，我的心潮澎湃，反对人们心中最痛恨的事情时，我与她相遇。当我从人群中辨认出她的脸庞，我心中的风暴便化为高昂激越的旋律。

“有多少次，我独自坐着，心如刀割，疼痛不已，脖颈上挂着各种存在的难题的长枷。当我回首，便见到她站在我身边，光芒闪烁的视线，使我心中的愁云为之一扫，欢乐的天堂正展现在我眼前。

“伙伴们，你们要问，是否我满足于这种怪异的情况?你们要问，一个正值韶华的青年怎么能满足于这种被称之为幻觉、幻想和梦想的病态呢?

“我告诉你们，我所度过的这些年是我有生以来充满美好、幸福、乐趣和安谧的一段时间。我要对你们说。我和我的永久伴侣是一种纯粹而绝对的思想，它遨游在阳光下，漂浮在海面上，疾行于月夜中，吟唱的歌曲我闻所未闻，站立的华姿我见所未见。生活，整个的生活，我认为是我们的精神所经历的；存在，整个的存在，正是我们所了解的，所实现的。我们为此欢欣，我们亦为之痛苦。我以自己的精神经历了这件事，每日每夜都在经历，直至我三十岁。

“但愿我还不到三十岁，我宁愿死一千零一次。只要不取走我生命的主心骨，吸干我心中的鲜血，让我成为一株枯萎、孤独的树——它的枝叶不随气流舞动，飞鸟不在杈上筑巢。”

他沉静了一会儿，低垂着头，闭上眼睛，双臂搭在椅子把手上，一副悲哀相。而我们默不作声，期待着他讲下去。他睁开眼睛，从丹田发出断断续续的声音：

“伙伴们，你们记得，二十年前，这里的统治者派遣我去威尼斯完成一项科学任务。他交给我一封信，要我随身携带面交市长，他们是在君士坦丁相识的。

“我离开黎巴嫩，乘上一艘意大利船。当时正值四月，春天的气息夹杂在空气中，随着海浪翻腾，在天边的白云中闪现出美丽的形状。我怎么向你们描述我在甲板上度过的那些日日夜夜呢？人与人之间互相理解的力量不超过人的智力和感觉。在精神之中，智力要比感觉深远和细腻，我怎么用言语向你们描绘它呢？

“我同我的永恒情侣共度的这些年份充满了温馨、宁静和舒适，我永远不知道在我幸福的帷幔后潜伏着痛苦，苦涩是沉淀在酒杯底的渣滓。不，我并不惧怕生长在云端的鲜花枯萎、黎明的睡莲吟唱的歌曲消失。当我离开这山丘和谷地时，我的情侣与我同坐在驶向海边的车上。我在贝鲁特度过的那三天，我的妻子与我形影不离。我会见朋友时，她对我微笑；我造访学院时，她总握着我的手。晚间我在阳台上倾听这城市的各种声音，她总在我身边端详。当船只离开贝鲁特港，在刚踏上甲板的那一刻，我感到我的精神世界发生了变化，有一只强有力而又无形的手抓住我的胳臂，还有一种深沉的声音传入我的耳际：

“‘回去！从哪儿来回哪儿去。下船去，别等开船就回岸上去！’

“船起航了。我在甲板上，有点像在天空展翅飞翔的鸷鸟利爪下的一只小麻雀。夜幕降临，黎巴嫩数座山峰隐没在海洋蒸腾的雾气中。我独自伫立在船首。我真心热爱的理想的姑娘，那伴随过我的青春的女子没同我在一起。每当我仰望苍穹时，我总是见到过去曾见过的那张甜美的脸庞；每当我倾听那寂静时，总是听到她的声音；每当我伸出手去，总能触摸到她的手。她并不在甲板上，第一次、第一次啊，我独自一人面对夜晚、海洋和天空。

“我就这样从一个地方到另一个地方，呼唤着我心中的伴侣，注视着翻腾的波涛，总以为能在泡沫般的浪花中看见她的脸。

“半夜了，船上的乘客都入睡了，我仍然独自一人茫然不知所措地遐想着。蓦然间，我刚一回首，见到她站在离我仅几步远的雾霭之中。我颤抖起来，朝她伸出手去，大喊：

“‘你为什么撇下我？为什么撇下我自己，我孤苦伶仃。你去什么地方了？我的伴侣。靠近点，挨近我，以后别再离开我。

“她没有靠过来，而是呆在原地，纹丝不动。不久，她显露出疼痛的神色，悲哀的表情，这种神态是我有生以来所见到的最令人恐怖的景象。她以极其微弱的声音说道：

“‘我从海底来，为了看你一眼。我这就回海底去。你回舱里去睡觉，做一个梦。’

“她说了这些话，同雾融汇在一起消失了。我便像肚饥的小孩子哭嚷一般大声呼唤，向四面伸出手去，但抓到的仅是沾有夜晚水珠的潮湿空气。

“我走进舱房，百感交集，内心充满了各种矛盾。我坐在这条船里，实际上航行在悲哀和惆怅的海洋里。奇怪的是，我的头刚一挨着枕头，便眼皮沉重得睁不开，身体像打了麻药针，昏昏沉沉直睡到天明。

“我做了一个梦，见到我的情侣被钉在满树开花的苹果树上，点点滴滴的血迹从手上和脚上流到树枝上，再流到树干上，最后渗入地面，同散落在地上的花瓣混在一起。

“船只依然劈波斩浪，昼夜前进。我站在甲板上，不知道自己是带有人间使命奔赴遥远国度的旅行者，还是彷徨在雾的世界中的幻影。不论是醒还是睡，我感觉不到情侣在身边，看不见她的面庞。我徒劳地呼唤、祈祷，恳求神秘的力量让我听到她的片言只语，或者让我看到她的倩影，或者让我感觉到她手指抚摸我的额头。

“我处于这种状况中整整十四天。第十五天的中午，远处露出了意大利海岸。当天傍晚，我们的船驶入威尼斯港，一些人驾着有五彩缤纷的遮篷的小艇载我们及行李进城。

“伙伴们，如你们所知，威尼斯城坐落在十数个彼此邻近的小岛上，它的街道就是河道，它的楼宇都建在水上，小艇就是那里的汽车。

“我从船上下到艇中，水手问我：

“‘先生要去哪里?’

“我提起市长的名字，水手关注且尊敬地望着我，随即划起桨来。

“小艇行驶着，天色昏暗，夜幕笼罩了全城，从楼宇、学院等的窗户里发出灯光，那光反映在水上，闪闪烁烁。威尼斯就像诗人幻想中的地方，呈现出景象万千。小艇载着我刚到第一条河道的岔口，就听到空中传来无数的钟声；那钟声断断续续，沉闷悲哀，令人生畏。我正恍惚着，同外界的各种景象毫无联系，而那钟声却像锥子一般扎进我的肺腑。

“小艇靠着一条石阶停下。阶梯从水里一直通到岸上。水手回头望着我，用手指了下坐落在花园中的那座宫殿，说道：

“‘就是这地方。’

“我从艇中登岸，慢慢走去。水手扛着我的箱子跟着我。到了门口，我把工钱递给他，让他走了。隔了一会儿，我敲敲门。门开后，我面前有一群仆人低着头，或哭泣，或号叫，或叹息。我见状颇为诧异，不知如何是好。

“片刻之后，一位中年仆人朝我走来，用哭肿的眼睛注视着我，

唏嘘地问道：

“‘先生，有何贵干？’

“我答道：

“‘这是市长府邸吗？’

“他点头称是。

“我掏出随身携带的黎巴嫩总督致市长的信件，递给那位仆人。他看了一眼信封上的名字，默不作声，随即缓慢地朝着尽头有门的走廊走去。

“在这段时间里，我什么都不想。过了一会儿，我走近一位年轻的女仆，问她，为何这么悲哀，为何如此大哭。她痛苦地回答：

“‘怪事！难道你没听说市长的千金今天死了吗？’

“她刚说完这句话，便手捂着脸，失声痛哭起来。

“你们想想，伙伴们，一个神思恍惚的人远涉重洋，经过滔滔波浪和阴霾，是何感受？你们思量思量，一个青年经过两个星期的颠簸，忍受了悲哀，当他到达目的地时，却发现这家人处于悲恸之中。你们设身处地地想想吧，伙伴们，一个陌生人要求在被死神阴影笼罩下的人家借宿。

“带着信离去的仆人回来了，垂着头说：

“‘请，先生，市长在等你。’

“说完，便在我前面带路。我随着他，到达走廊尽头的门前。他示意我进去。我走进一座宽敞高大的厅，里面烛火通明，坐着一些体面人、教士，全都默不作声。我刚迈了几步，大厅中央就站起一位白须老人，悲哀压弯了他的背，他愁容满面。他迎着我走过来，握住我的手说：

“‘你来自遥远的国度，我们深感荣幸。你看到我们失去了最可珍贵的；但是，我希望我们的损失不会妨碍你实现来此的目的。请放心，我的孩子。’

“我感谢他的深情厚意，同时表达了我对他们损失的同情。话说得杂乱无章。

“老人领我到他的座位旁坐下。我偷觑他们凝重的面孔，感到气氛压抑和悲哀。隔了好一会儿，人们一个接一个离去。寂静无声的大厅里只剩下那个痛苦的父亲和我。我站起来，朝他走去，说道：

“‘请允许我告辞。’

“他阻止道：

“‘不，朋友，你别走。假如你能承受注视我们悲痛、倾听我们的叹息，就留下做我们的客人吧。’

“听了他的话，我无法拒绝，便顺从地点点头。他接着说：

“‘你们黎巴嫩人对客人最诚心诚意，你为什么不留下，让我们给你展现一下，哪怕是展现一点点我们是怎么对待异乡人的！’

“片刻之后，这位刚蒙受打击的老人摇摇银色小铃铛。一位穿着绣有金银图饰的仆人应声进来。老人指着我对他说道：

“‘带我们的客人去东厅，伺候他的吃喝，由你安排，晚上不睡觉也要让他舒适安逸。’

“这位仆人把我带到一间富丽堂皇、装饰精巧的大厅，那里的墙上挂满了图画和丝毯。大厅中央有一张床，铺着床单、被褥和绣花枕头。

“仆人离开我后，我坐在椅子上，思索着我自己，我的处境，我的孤独，在远离我的祖国的异国他乡度过的第一个时辰。

“仆人又回到我这里，带来一个大盘子，上面放着食物和饮料。我略略吃了些，因为没有食欲，我让仆人端走了。

“有两个小时吧，我一会儿在大厅里踱步，一会儿伫立在窗前，眺望天空，倾听海上的各种声音及水手的呼叫和划桨声。在看到生活的现象和考虑其隐秘之后，我终于困得不行，倒在床上，昏昏沉沉地睡着了；睡得很不踏实，不时醒来，回忆往事，思潮翻滚，时涨时落。我的头脑就像一个无声的战场，无声的兵团在厮杀，死神指挥着它的骑士，结果一些默不作声的人。

“不，伙伴们，我不知道自己在这种情况下过了多久。我们的灵魂度过了生活中的许多状况，我们无法以人的思维创造的时间尺度去衡量。

“不，我不知道我在这种情况中过了多少个小时，当时，我所知道的以及我现在所知道的就是感觉到有一个活的实体就挨着我的床站着，感到在大厅的空间里有一种力量在颤抖，感到永恒的自我在呼唤我。不过，这呼唤是无声的；它在激励着我，但是，并不明确。我站起身，从大厅来到走廊，受到一种全能的因素的驱使、命令、推动。我走着，完全身不由己，像个夜游症患者。我在一个完全不同于我们以时间空间衡量的世界中行走。当我来到走廊的一端，走进另一个大厅，发现大厅中央停放着由两支蜡烛照明和鲜花环绕的灵柩。我走上前去，跪在灵柩边，我注视着，啊！我看见了我的情侣的面孔，是我被死神面纱隔开的理想情侣的面孔。我望着我爱得无以复加的女子，她被世代的静寂和永恒的恐怖所笼罩，白色的鲜花放置在周围，她身穿白色的殓衣，她是一具僵硬的尸体。

“我的造物主啊，我的爱、生和死之神，你制造了我们的灵魂，又把它们带进这光明和黑暗之中行走。你赋予我们的心灵以本能，然后又让它们为希望和痛苦搏动。你呀，你让我看见我情侣的冰冷的身躯。是你领着我从一个地方到另一个地方，向我显示死神之于生命的目的，痛苦之于欢乐的意愿；是你在沙漠中用我的孤独培育了白水仙，然后又把我带到遥远的山谷，向我展示枯萎、凋零和死了的水仙！

“是的，伙伴们，我孤零零客居异乡时的伙伴们，上帝的意愿是让我饮下苦酒；我们是人类，随上帝的便吧。我们在无边无垠的空间，是瑟瑟发抖的原子。我们无可奈何，只有服从、遵命。假如我们去爱，而我们的爱不是来自我们，也不属于我们。假如我们欢乐，我们的欢乐不在我们，而在于生命自身。假如我们痛苦，痛苦的不是我们的脏器，而是大自然的整体。

“我不是诉苦般地向你们讲述我的故事，谁诉苦，便是怀疑生活。我是有信仰的人，我相信这些扎进我胸口的锥子的美，相信这些刺穿我心膜的铁器的怜悯。

“这就是我的故事，我怎么能得到结果？而这故事是没有结果的。我跪在曾在梦中热恋过的女子的灵柩旁，凝视着她的脸，直至黎明的光芒射到玻璃窗上。此时，我站起身，回到我住的大厅，品着人生之苦，背着永恒的负累。

“三星期后，我离开威尼斯，回到黎巴嫩，就像经过千万代之后方才回来一样；我像所有的黎巴嫩人，从一个异乡奔向另一个异乡！

“请宽恕我，伙伴们，我说得太长了，原谅我吧！”

七个阶段

我的心忧伤过七次：

第一次是当它试图通过卑贱之路获得升腾时；

第二次是当它在瘫痪者面前跛足行走时；

第三次是当它在“难”、“易”之间挑选，它选择了“易”时；

第四次是它因他人犯错误而为自己的错误感到安慰时；

第五次是当它软弱地忍受、却把忍受说成强大时；

第六次是面对生活的泥沼而夹起尾巴认输时；

第七次是当它站在上帝面前高唱圣歌，并认为唱圣歌是自己的一种美德时。

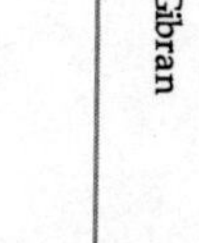

我的心灵告诫我

我的心灵告诫我。它教育我，要爱人们之所恨，真诚对待人们所仇视的人。它向我表示，爱不是爱者自身的优点，而是被爱者的优点。在心灵告诫我之前，爱之于我就是两根并排而立的柱子之间的一根细线；而现在，它已变成一个光轮，其开始即终结，终结即开始。这个光轮围绕着所有的事物，逐渐扩展，以包括所有将要出现的事物。

我的心灵告诫我。它教育我，要看被外形、色彩和样式掩盖了的美，要认真观察被人们认为是丑恶的东西，直至它被我看作是美好的东西。在心灵告诫我之前，我看到的美是颤抖在烟柱之间的火焰；烟雾消失了，除了燃烧着的东西之外，我再也看不到什么。

我的心灵告诫我。它教育我，去倾听并非发自舌头和喉咙的各种声音。在心灵告诫我之前，我的听觉不灵，除了喧闹和喊叫，什么都听不见。而现在，我变得能倾听寂静，听到寂静合唱队正在演唱世代之歌、天空赞歌和未知世界的奥秘。

我的心灵告诫我。它教育我，从榨不出汁、倒不进杯盏、手提不起、嘴唇挨不上的东西中饮水。在心灵告诫我之前，我的口渴是我用河水和蓄水池浇灭的灰堆上的一粒微弱的火星；而现在，我的向往是我的杯子，焦渴是我的饮料，孤独是我的醉意。我怎么喝也喝不够，但在永不熄灭的燃烧中有永不消逝的欢乐。

我的心灵告诫我。它教育我，去抚摸尚未成型、尚未结晶的东西。它要我理解，可触觉的是不合理的，而我们正在捕捉的部分正是我们想要的。在心灵告诫我之前，假如我冷时，满足于热，热时却满足于冷，不冷不热时满足于冷热之一；而现在，我捕捉的触觉已经四散，变成落雾，穿过存在的一切，以同隐蔽的东西混合。

我的心灵告诫我。它教育我，去嗅闻非香草和香炉发出的芳香。在心灵告诫我之前，我如果想享用馨香时，就求助于园丁、香水瓶和香炉；而现在，我嗅闻的是不经燃熏和挥发的馥郁，我所吸的芳香之气，没有经过这个世界上任何一座花园，也不曾被这天空中任何一种气息所携带。

我的心灵告诫我。它教育我，当未知和危险呼唤我时，说："我来了！"在心灵告诫我之前，我只在听到熟悉的声音召唤时，才站起来，我只走熟悉的道路；而现在，已知变成了一匹骏马，我骑着它奔向未知，平地是我攀登艰险的起点。

我的心灵告诫我。它教育我，不要用"昨天是……"或者"明天会……"等话衡量时间。在心灵告诫我之前，我想象"过去"是不复返的时代，未来则是我达不到的时期；而现在，我已知道，现在的一瞬中有全部的时间，包括时间中被期待的、被实现的和被证实的一切。

我的心灵告诫我。它教育我，不要用我的"这里"、"那里"和"遥远的那边"等话限定空间。在心灵告诫我之前，当我站立在地球上某个地方时，我还以为自己远离了所有其他的地方。而现在，我懂得了，我站立的地方就是所有的地方，我所跋涉的一段旅程，正是所有的距离。

我的心灵告诫我。它教育我，我要在街区的居民进入梦乡时熬

夜，而在他们精神十足时，我睡觉。在心灵告诫我之前，我在卧床上看不到他们的梦想，他们在困盹中也寻不见我的梦；而现在，我只在他们注视我时，才遨游在我的梦中，他们只在我为他们获得自由而高兴时才飞翔在他们的梦中。

我的心灵告诫我。它教育我，不要为一点赞颂而得意，也不要因一点责难而悲哀。在心灵告诫我之前，我一直怀疑自己劳动的价值和品级，直至岁月派来一个褒扬者或诋毁者。而现在，我明白了，树木在春季开花，夏季结果，并不企求赞美；花草在秋季落叶，冬天凋敝，并不害怕责难。

我的心灵告诫我。它教育我，并向我证实，我并不比那些流浪汉高贵，也不比那些伟人低贱。在心灵告诫我之前，我以为人分为两类：一类是我怜悯或鄙视的弱者，一类是我追随或反叛的强者。而现在，我知道自己是由人类组成的一个群体组成的一个个体，我的成分就是他们的成分，我的内涵就是他们的内涵，我的希望就是他们的希望，我的爱就是他们的爱。如果他们犯罪，我就是罪犯；他们如果做好一件事，我为他们的成绩自豪；他们如果站立，我也站立；他们如果坐下，我也坐下。

我的心灵告诫我。它教育我，我手擎的明灯并不归我所有，我吟唱的歌曲并非从我体内生成。而我，如果我携带光明行走，我并不是光明；我，如果是紧好弦的琴，那并非是演奏者。

兄弟！我的心灵告诫我，教育我。你的心灵告诫了你，教育了你。你和我彼此相似。我们之间的不同仅仅在于：我说我自己，言语中有一点辩论；你掩饰你自己，在掩饰中有一种美德。

你们有你们的黎巴嫩，我有我的黎巴嫩

你们有你们的黎巴嫩，我有我的黎巴嫩。

你们有你们的黎巴嫩及其难题，我有我的黎巴嫩及其美丽。

你们有你们的黎巴嫩，以及一切企图和目标；我有我的黎巴嫩，以及种种梦幻和愿望。

你们有你们的黎巴嫩，那你们就以此为满足吧；我有我的黎巴嫩，我只满意绝对的纯粹。

你们的黎巴嫩是岁月试图解开的政治绳结；我的黎巴嫩则是刺破蓝天的巍峨山岳。

你们的黎巴嫩是国际难题，黑夜把它抛来抛去；我的黎巴嫩是幽静的神秘河谷，在铃声和溪水欢歌声中起伏。

你们的黎巴嫩是西方大汉和南边强人之间的角逐场，我的黎巴嫩是祈祷声：清晨，当牧人赶着羊群去草场时，它振翅鼓翼；傍晚，当农人从田园归来时，它高高飞起。

你们的黎巴嫩是无数头人组成的政府，而我的黎巴嫩是坐落在大海与平原间的既威严又和善的大山，它像一个处于永恒之中的诗人。

你们的黎巴嫩是狐狸遇到鬣狗时使用的诡计，我的黎巴嫩是回忆，使我再听到月夜下的姑娘们、谷场和奶厂的小伙子们的歌声。

你们的黎巴嫩是宗教头人和军队统帅两方对垒的棋盘，而我的黎巴嫩是座庙宇，当我看腻了运转在车轮上的城市的面孔时，便带着灵魂躲进去。

你们的黎巴嫩是两个人，一个纳税，一个收款；而我的黎巴嫩是一个人，抱着胳臂，靠在云杉树下，远离一切，只和上帝与阳光在一起。

你们的黎巴嫩是港口、邮政和贸易；而我的黎巴嫩是远大的理想，炽热的感情，大地同太阳崇高的语言。

你们的黎巴嫩是职员、工人和经理，我的黎巴嫩则是青年的抱负、壮年的意志和老年的智慧。

你们的黎巴嫩是若干个代表团、委员会；我的黎巴嫩则是凛冽寒风遮天、晶莹瑞雪盖地之夜的炉边聚会。

你们的黎巴嫩是各种集团、政党；我的黎巴嫩是攀岩登山、追逐溪流和在广场上玩球的少年。

你们的黎巴嫩是报告、讨论和演讲；我的黎巴嫩是鸵鸟鸣啭，是白杨、冬青槲枝条的沙沙作响，山洞中笛声的回音。

你们的黎巴嫩是被虚伪面纱掩盖的欺骗，是效仿、做作外衣内的伪善；我的黎巴嫩则是朴实无华的真理，当它站在池边，映照的是它宁静的面孔和舒展的表情。

你们的黎巴嫩是纸面上的法律、条款，是卷宗中的合同、协定。我的黎巴嫩是生活奥秘中的一种禀赋，而它本身并不知道；我的黎巴嫩是醒觉中摸索未知世界的一种渴望，还以为自己仍在梦中。

你们的黎巴嫩是位老人，手捋胡须，眉头紧皱，只考虑自己；而我的黎巴嫩是个青年，站似高塔，笑如晨曦，念人如己。

你们的黎巴嫩同叙利亚时分时合，若即若离；而我的黎巴嫩，不合，不分，不卑，不亢。

你们有你们的黎巴嫩，我有我的黎巴嫩。

你们有你们的黎巴嫩及其儿女，我有我的黎巴嫩及其儿女。

天哪，你们的黎巴嫩的子女是谁？

为什么不去看一眼他们的实际情况呢？

他们是灵魂诞生在西方人医院里的人。

他们是些智慧发端于佯装慷慨大方、实际贪婪的人的怀抱里的人。

他们是些左右摇摆的柔枝软条，漫无目标；他们早晚颤抖，自己却全然不知。

他们是那样的航船，在既无舵也无帆的情况下同风浪搏斗，而船长则优柔寡断，它的港口是魔鬼居住的洞穴。欧洲所有的首都不正是魔窟吗?

他们是些能言善辩的强人，可惜都是彼此相待；而在欧洲人面前则哑口无言，软弱无能。

他们是热情洋溢的自由主义者，改革家，但只是在他们的报刊和讲坛上；而在欧洲人面前则是唯命是从的反动分子。

他们像青蛙一样鼓噪，说什么："我们已摆脱了残暴的夙敌。"而他们残暴的夙敌仍然潜藏在他们的体内。

他们走在殡葬行列前，奏乐跳舞；遇到迎亲的队伍时，他们将乐声转为号丧，舞蹈则变为撕衣捶胸。

他们除非遭遇钱袋干瘪，不知道什么叫饥饿，一旦碰上精神上的饥渴者，便取笑他，避而远之，并说："这不过是梦幻世界里的幻想。"

他们是奴隶，岁月用闪光发亮的枷锁替代他们生锈的镣铐，他们便以为自己变成了绝对自由的人。

这些就是你们的黎巴嫩的儿女。他们之中有谁能代表黎巴嫩山岩般的坚强？高山般的巍峨？水源中的甘甜？空气中的馥郁？有谁敢于声称："假如我死去，我的祖国定比我诞生时要好些。"有谁敢说："我的生命是黎巴嫩血管中的一滴血，眼眶中的一滴泪，唇边的一丝笑意。"

这就是你们的黎巴嫩的儿女。在你们眼中，他们多么伟大！在我的眼里，他们何其渺小!

不过，稍等片刻，我让你们看看我的黎巴嫩的儿女：

他们是农夫，把荒滩野地变成花园、苗圃。

他们是牧人，赶着羊群，从一个山谷走到另一个山谷，羊只长肥，羊群增加，供给你们肉食和毛皮。

他们是园丁，榨葡萄酿醇酒，以蜜制糖。

他们是父亲，培植桑园；他们是母亲，织出绸缎。

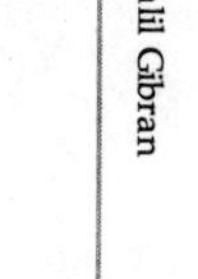

他们是男子，收割庄稼；他们是女子，拣拾柴禾。

他们是瓦匠，陶工，纺织工人和铸钟造铃的匠人。

他们是诗人，把自己的精神倾入新杯；他们是天才，朗诵讽刺诗、抨击诗和抑扬顿挫的诗。

他们离开黎巴嫩时，只怀着满腔的热情和膂力；当他们回到祖国时，手上捧着地球上的珍宝，头戴荣誉桂冠。

他们不论走到哪里，都能战胜环境；他们所到之处，都能吸引群众，赢得人心。

他们生于草房陋室，死于科学殿堂。这些才是黎巴嫩的儿女。他们是风刮不灭的灯，世代不腐的盐。

他们迈着坚实的步伐，走向真理、美好和完善。

一百年以后，你们的黎巴嫩及其子女将会怎样呢？请你们告诉我，除了诉讼、谎言和愚昧，你们给明天还留下什么？难道你们竟认为时间会在自己的记忆里留下欺诈、哄骗和谄媚等现象吗？

你们认为上天会在口袋里装上死亡的阴影和坟墓的气息吗？你们想象生命会用褴褛的衣服遮掩赤裸的身躯吗？我告诉你们，事实将为我作证，农民在黎巴嫩大地上栽下的橄榄树，比起你们已有的和将有的业绩更久长；小牛在黎巴嫩田野里拉曳的木犁，比你们的愿望和抱负更高贵。我告诉你们，所有的良知都在听我讲，黎巴嫩高原菜园里的歌声，比起最体面、最显赫的絮语更富生命力。我告诉你们，你们微不足道。倘若你们自知微不足道，那么我会以较和善和仁慈的方式嘲笑你们。但是，你们并不承认微不足道。

你们有你们的黎巴嫩，我有我的黎巴嫩。

你们有你们的黎巴嫩及其儿女，假如你们能以空泡沫为满足的话，那就对你们的黎巴嫩及其儿女感到满意吧。而我呢，我满意我的黎巴嫩及其儿女。我心中充满甜蜜、安详和宁静。

大　地

大地被迫从地球中迸裂出来。

大地随后在地球上洋洋自得地行走。

大地从地球中取材建造宫殿、宝塔和庙宇。

大地在地球上建立神话、学说和法律。

然后，大地厌烦了地球上的工作，便利用地球的光辉编织幻影、幻想和幻梦。

大地因困倦而合上地球的眼帘，安谧、深沉和永久地睡下去。

大地对地球呼唤道：“我是子宫，我是坟墓。我永远是子宫和坟墓，直至星辰消失，太阳化为灰烬。”

昨天、今天和明天

我对我的朋友说："你看哪，她靠在他的臂弯里；而昨天，她还靠在我的手臂上呢。"

朋友说："明天，她就靠着我的手臂了。"

我说："你看，她坐在他身边，而昨天，她还坐在我身边呢。"

朋友说："明天，她就坐在我身边了。"

我说："你看呀，她正呷着他杯中的酒呢；而昨天，她还和我共饮一杯呢。"

朋友说："明天，她就会喝我的杯中酒了。"

我说："你瞧，她含情脉脉地凝视着他；而昨天，她也这样望着我。"

朋友说："明天她会这样瞧着我的。"

我说："你听，她正在他耳边低声唱着情歌；而昨天，她还在我耳边低吟呢。"

朋友说："明天她就这样唱给我听了。"

我说："你瞧，她拥抱他呢；而昨天，她这样拥抱着我。"

朋友说："明天她会拥抱我的。"

我说："一个多么奇怪的女人！"

朋友说："她像生命，人人可以拥有；她如死神，征服所有的人；她似永恒世界，包容所有的人。"

完　美

兄弟，你问我：人什么时候变得完美。

请听我的答复：

每当这些时候——人感觉自己是无边无际的天空，是没有岸的大海，是永远燃烧的火焰，是咆哮或平缓的风，是电闪雷鸣和降雨的云，是欢歌或哀号的河，是春季开花秋天落叶的树，是高耸入云的山，是低洼的谷，是肥沃或贫瘠的田地——人正走向完美。

假如人能感到这一切，就已走完了完美之路的一半路程。如果他想达到完美的目的地，就应感知自己的本质，应感到自己是偎依在母亲身边的儿童，是对家属负有责任的长者，是对信仰和爱情感到失落的青年，是同自己的过去和未来搏斗的中年人，是草房里的膜拜者，是关在监狱里的罪犯，是埋头于书籍和纸堆中的学者，是处于白昼和夜晚的黑暗中的愚人，是在自己信仰的鲜花和孤独的荆棘中的修女，是在个人软弱的尖齿和需求的利爪间的妓女，是处于个人痛苦和屈辱中的穷人，是在贪欲和服从间的富人，是置身于黄昏的迷雾和魔幻的光线中的诗人。

如果人能经历和了解所有这些，会达到完美，并成为上帝庇佑下的一个影子。

独立与红毡帽①

不久前，我读了一位文学家的文章。他在文中愤怒地抗议一艘法国轮船的船长和船员。当时轮船正由叙利亚开往埃及，当这位文学家在餐厅就餐时，船方人员曾强迫或企图强迫他摘下红毡帽。我们都知道，在屋里摘帽是西方人的习惯。

这种抗议让我吃惊。因为它向我表明，东方人如何执著地固守一些个人生活的象征。

我钦佩这位叙利亚人的勇气，同我钦佩过的印度王子一样。那一次，我请王子观看在意大利米兰上演的歌剧。王子对我说：

“假如你邀请我去访问但丁的地狱，我会欣然与你同去；但是我不能坐在一个禁止我缠头巾和吸烟的地方。”

是的，我看到东方人恪守固有的风俗、甚至执著于某些民族习惯的影子时，深感惊讶。

不过，我这种惊讶不会也不可能抹煞在那固执后面隐藏的粗鲁的东方人的本性、嗜好等事实。

如果这位为在欧洲轮船上摘下红毡帽犯难的文学家考虑到，他这顶红毡帽正是在一家欧洲工厂里制造的，那么对他来说，不论在什么地方，在任何一艘欧洲轮船上，摘帽都是易如反掌的事了。

如果我们的文学家考虑到，在一些小事上坚持个人独立，都取决于技术独立和工业独立这两大独立的话，他便会默默地顺从地摘下他的红毡帽。

如果我们的朋友考虑到，在灵魂和心灵上均受奴役的民族，是不

① 红毡帽又称土耳其帽。在奥斯曼帝国时期，戴这种帽子是政府官员、知识分子的标志。

可能在衣着和风俗上绝对自由的……

如果他考虑到这些的话，就不会写那篇抗议文章了。

如果我们的文学家考虑到，他的叙利亚祖父曾乘着叙利亚航船，身着叙利亚人纺织缝制的服装，漂洋过海到埃及，那我们的自由英雄就只能身着国产服装，搭乘由叙利亚船长及水手驾驶的叙利亚轮船去埃及了。

我们勇敢的文学家之不幸在于他反对结果，而不注意原因，因此在掌握本质之前便被一些个别现象所控制。 大多数东方人都是这样：除了在无谓的琐屑小事上，他们并不愿意成为东方人；他们以模仿两方人那些既无聊，又琐屑的东西为荣。

我要告诉我们的文学家和所有戴红毡帽的人：你们为什么不亲手制作红毡帽，然后再决定在轮船的甲板上，或是高山之巅，或是深谷之底，如何处置那顶帽子呢?

上天知道，这番话并非为红毡帽而写，也非为在屋里或银河下是摘是戴而写。 上天知道，这番话为比所有的红毡帽都深远的问题而写，这个问题摆到了每个人的面前，困扰着每个苦恼的躯体。

大地啊

大地啊，你是多么壮丽，多么辉煌！

你对光明的服从多么彻底，对太阳的忠诚多么可贵！

你同自己的影子在一起时是多么典雅，蒙上漆黑的面纱时多么俊逸！

你黎明的歌声多么甜美，夜晚的呼唤多么威严！

大地啊，你是多么完美，多么灿烂！

我穿越过你的平原，攀登过你的高山，下降到过你的峡谷，爬上过你的巉岩，进入过你的洞穴；因此，我知道你的理想在平原，你的尊严在高山，你的静谧在峡谷，你的意志在巉岩，你的隐秘在洞穴。你呀，你因力量而欢乐，因纯朴而自豪，因卓越而安逸，因坚强而柔韧，因秘密而明晰。

我驶过你的海洋，涉过你的河川，游过你的小溪；所以我听到过你的潮汐谈话，世代在你的高原丘陵间吟唱，生命在你的山坡小径上彼此呼唤。你呀，你是永恒的唇舌，世代的琴弦。生命的思想与宣言。

你的春天唤醒了我，把我送到森林里，那里，你的气息如轻烟袅绕；你的夏天让我在你的田野上坐下，那里，你的努力结出果实；你的秋天让我在你的葡萄园里驻足，那里，你的血液化为佳酿；你的冬天领着我来到你的睡榻，那里，你的纯洁凝成白雪。你呀，你因春天而芬芳，因夏天而豪爽，因秋天而丰裕，因冬天而纯洁。

在清朗的夜晚，我敞开心扉，背负着各种欲望，披戴自私的枷锁，向你走去。我发现你凝视着群星，群星向你微笑。于是，我卸下枷锁和重负，我知道心灵的居所是你的苍穹，它的欲望就在你的欲望之中，它的平安在你的平安之中，它的幸福就在星宿撒往你身上的金色纤尘之中。

在阴霾的夜里，我因自己的僵化和迟钝，来到你身旁，发现你是用风暴武装起来的可畏的巨人，以你的现在同你的过去搏斗，以你的新同旧战斗，以你的韧劲瓦解你的软弱。于是，我知道人类的制度就是你的制度，人类的法规就是你的法规，人类的法律就是你的法律。谁不用风暴吹折躯干上的枯枝，谁就厌烦而死；谁不以革新撕碎残叶，谁就默默地死去；谁不用忘却为过去入殓，便成为过去业绩的殓衣。

大地啊，你多么豪爽！多么宽容！

你对自己的孩子——那些背离真理走向虚幻、迷失，在已达到和尚未完成之间的人，是多么同情啊！

我们吵嚷，你欢笑。

我们坚持，你否定。

我们亵渎，你祝福。

我们污染，你尊崇。

我们沉睡，但不做梦，你却憧憬于永恒的清醒之中。

我们用剑矛刺伤你的胸膛，你却用油和药膏涂抹我们的伤口。

我们把骷髅置于你的庭院，你却让它长出白杨和柳树。

我们把腐尸寄存你屋中，你却让我们的打谷场堆满庄稼，让酿酒厂堆满葡萄。

我们用血污弄脏了你的容颜，你却用多福河水清洗我们的面颊。

我们用你的元素制造枪炮炸弹，你却撷取我们的元素制成玫瑰和百合。

大地啊，你多么富有耐性啊，多么富有同情心啊！

你是谁，大地？你是谁啊？

你是上帝脚下的一粒尘埃吗？上帝从宇宙的东方巡游至西方时产生了你。你或者是永不熄灭的火炉中迸发出的火星？

你是一颗果核，被抛上太空田园，凭内核的意志冲破外壳，如航标般升上以太的顶极吗？

你是巨人血管中的一滴血，还是他额角上的一滴汗？

你是太阳神缓缓挥舞的一颗果实吗？你是全知之树上的一粒果实吗？那棵树的根延伸至无限的深处、树枝高插入永恒的峰巅。你抑或是时光之神置于空间女神掌上的一颗宝石？

你是上天怀抱里的女婴呢？还是监视白昼黑夜并饱尝其智慧的老人？

大地啊，你是什么？你是谁？

大地啊，你就是我！你是我的眼睛，是我的视觉；你是我的智慧，我的想象，我的理想；你是我的饥渴；你是我的痛苦与欢乐；你是我的迷惑与清醒。

你是我眼中的美，心中的思念，灵魂之中的永恒。

大地，你就是我，假如我不曾存在，那也就没有你。

更浩瀚的大海

昨天——昨天多么远，又多么近！我和我的心同去更浩瀚的大海，用海水洗涤黏附在我们身上的大地尘埃和泥垢。

我们来到海边，着手寻找一处避人耳目的清净之地。

我们边走边看，突然发现一个男子坐在一块灰色岩石上，手上有个袋子，他从中抓出一把又一把的盐撒向大海。

我的心对我说：

“这是一个只看见生活阴暗面的悲观者，悲观者不配看见我们赤身裸体，让我们离开这个地方，这个地方没法洗浴。”

我们离开那地方，继续往前走，到达一个小海湾。我们看见一个男子站在一块白色岩石上，一手捧着一个镶满珠宝的箱子，另一只手从中掏出糖块抛向大海。

我的心对我说：

“这是个报告没有可喜之处的喜讯的乐观者，当心别让乐观者看见我们赤身裸体。”

于是我们继续向前走，见到一个男子正在岸边捡死鱼，接着又怀着怜悯之情把死鱼送回海中。

我的心对我说：

“这个人企图将生命送归坟墓中的尸体，是个仁慈的人，我们离他远一点。”

随后，我们来到另一个地方，看见一个男子在沙滩上画着自己的幻想，海浪涌来，抹去他所画的一切，他一遍又一遍地画着。

我的心对我说：

“这是个神秘派，想在幻想中树起一尊供人崇拜的偶像，随他去吧。”

我们接着走，来到一条寂静的港湾，见一个男子从水上搜集泡沫装进玛瑙瓶里。

我的心对我说：

“这是个幻想家，想用蜘蛛网织衣服穿，他不配看见我们赤身裸体。”

我们接着走，突然听到一个喊声：

“那是深深的海洋！那就是伟大的海洋！”

我们循声望去，看见一个男子背对着大海，把海螺贴在耳边仔细谛听。

我的心对我说：

“我们走吧，这是个事务家，背对不能把握的全局，并且用局部干扰自己。”

我们走着，又看见一个男子在岩石间的一块草地上，把头埋进沙子。

我对自己的心说：

“心灵，我们就在这里洗浴吧！这个人看不见我们。”

我的心摇着头说：

“不！决不！你现在看到的这个人是所有的人中间最坏的。他躲藏、遮掩着自己的心，不让它看到生活的悲剧，生活也就把自己的秘密瞒着他。”

心灵的脸上浮现出深沉的悲哀，它的声音因痛苦而时断时续。它说：

“让我们离开这海岸吧，这里没有一处隐蔽之地可供我们洗浴，我决不乐意在这里的风中梳理金发，决不想在这里的天空面前袒露细嫩的胸部，更不想脱光了站在这里的阳光下。”

于是，我和我的心离开那大海，去寻找更浩瀚的大海。

历史上从未有过的一年

……就在那一刻，柳林后走出了一位少女。她抚弄着裙裾，站在草地上。她站在一个沉睡的青年身边，用丝绸般柔软的手搁在他头上。太阳把青年照醒后，他在睡意矇眬中发现了她。当他知道站在面前的是一位公主时，立刻起身跪下，就像萨西见到林木起火一样。他想说话，声音却发抖不止，只得以饱含热望的泪水代替舌头。

隔了一会儿，少女拥抱了他，亲吻他的嘴唇、眼睛，吮吸着他的热泪。她的声音比长笛还要悦耳：

“亲爱的，我在梦中就见过你，当我孤身一人时，我注视过你的面孔。从命中注定我要到这个世界起，你就是我失落的心灵的伴侣，是同我分离的美好自我的一半。亲爱的，我是偷跑出来同你相会的。你现在被我拥抱，请不要害怕！我已放弃了父亲的荣华，跟着你去天涯海角，与你同生共死。”

“走，亲爱的，让我们去远离人们的荒原！”

一对爱人走进林间，夜幕遮掩了他俩的身影，国王的威严和黑暗的幽灵都无法恐吓他们。

伊本·西纳和他的诗

在古人所写的诗歌中，没有比伊本·西纳的诗更接近我的信念和心理倾向了。

在他尊贵的诗篇中，大师老人写下了人类思想中最深远的东西，知识所产生的想象中的最深刻的愿望，希望所升华的疑问以及持续思维、长久考虑所产生的观点。

伊本·西纳是他那个时代的天才，那么表达他的世界的诗篇的产生也就不足为奇了。不过，奇怪的是他有一个用毕生的时间探索身体的秘密和物质特征的特点。他是怎样通过物质方式获知了灵魂的隐秘，通过可见的东西了解合理的内涵呢？他的诗是一个鲜明的例证：证明了科学是智慧的生命，科学家从实际的试验逐步转向理性的观念，达到精神的感觉，直至上帝。

读者可从西方大诗人的一些诗歌片断中看到他的崇高的诗篇。在莎士比亚不朽的戏剧中的几行诗中，我们看到它同伊本·西纳的话并无二致：

> 它被迫到你那里，也许
> 带着痛苦讨厌同你分离。

雪莱[1]也有类似的诗句：

> 揭开帷幔，它写诗并看见
> 睡眼朦胧中所看不见的。

---

① 雪莱(1792—1880)，英国诗人。

戈蒂耶[1]的思考也是同样的：

它知晓一切隐秘后归来，
那孔洞尚未打成。

布鲁诺说过相同的话：

它好似闪电发出亮光，
随即收敛，似乎从未发亮。

但是，我们的大师老人比这些人全都要早好几百年。他在诗歌中表达了不同时期的几种不同的思想。这使他成为当时的一个天才，以后若干个时代的天才；使他的诗歌同时成为题材最为深远和最富光彩的诗篇。

① 戈蒂耶(1811—1872)，法国诗人。

加扎利[①]

在加扎利和圣徒奥古斯特之间有着心理的联系，他们是一个原则下的两种相似的现象。尽管他们所处的时代和环境具有理论上和社会性的差异，但是上面提到的原则是内心的实际倾向；这种倾向使人从可见的事物及其表面现象逐步转向合理的事物，转向哲学和神学。

加扎利期待这个世界繁荣，具有高度的文明。他独自连续不断地深入探索将科学的结果与宗教之初联系起来的蛛丝马迹，进一步思考了将人们的理解、试验同人们的感情、理想混杂起来的神秘的器皿。

在加扎利之前五年，奥古斯特就这样做了。谁若读了他写的《自白》，便会知道他将地球及其未来作为攀向存在最高良知的阶梯。

不过，我发现加扎利比圣徒奥古斯特更接近事物的核心和奥秘，这大概是因为他们所继承的不同：前者继承的是阿拉伯和希腊的科学原理，后者继承的是基督教第二和第三世纪教会头面人物的神学。我的意思是，继承是随着岁月的流逝，从一种思想转变为另一种思想；一代又一代，某些民族的外表是同有形的特性分割不开的。

我还发现加扎利是把他的前人——印度的神秘主义者同他以后的神学家们联系在一起的金环：古代佛教徒的一些思想显示出加扎利的某些特点；在斯宾塞和威廉·布莱克所写的谈话中有他的情感。

在西方的东方学者和科学家的心目中，加扎利具有崇高的地位，他们把他同伊本·西纳、伊本·卢史德均尊为第一流的东方哲学家。

---

① 加扎利(1059—1111)，全名为加扎利·艾布·哈米德·穆罕默德，阿拉伯哲学家。

而他们中间的神学家们则认为加扎利的观点是自伊斯兰教出现以来最崇高和显赫的思想。奇怪的是，我在意大利的佛罗伦萨的教堂墙壁上(大约是十五世纪的建筑)，看到中世纪哲学家、圣徒、神学家——他们被认为是精神的绝对结构中的顶梁支柱——的画像中有加扎利的画像。

可是，比这更加奇异的是，关于加扎利，西方人比东方人了解得更多。他们翻译他的著述，研究他的理论，仔细探讨他的哲学特点和神秘主义的目标。至于我们，仍然讲着、写着阿拉伯语的我们却很少谈论和提到他；我们仍然忙于外表，似乎外表就是生命之海到达白昼黑夜之岸的全部。

乔尔吉·泽丹

泽丹逝世了。他的死如同他的生一样伟大，像他的作品一样光辉。

那个伟大的思想停下了，在自己的床榻周围翱翔，表示着威严和庄重，远离忧愁和哭泣。

美好的灵魂逝去了，去往我们可感觉但并不可及的世界。他的逝世为昼夜掌握下的幸存者留下殷鉴。

他已从崇高的存在中摆脱了工作的劳累，披着荣耀的外衣去往无需艰难工作的崇高所在。泽丹所去的地方是目力不见、听力不闻的。不过，如果泽丹已经移往一艘航游在无尽之海的轮船之上的话，那他一定忙于造福于那里的人。他专心致志地聚敛知识，撷取历史上的美，倾力于研究语言。

这就是泽丹，热情的思想，以工作为乐；渴求的精神，永不停息，保持清醒；宽阔的胸怀，温厚善良，充满朝气。那种思想带有一般理性的特点，那么现在就是理性的本质了；那种精神因律法而存在，那么现在正按律法在行动；那颗心因上帝的存在而存在，那么现在因上帝之火而熊熊燃烧。

这就是泽丹的生命，从存在的内心喷薄而出，变成一条清澈的河流，灌溉着峡谷两边的植物和庄稼。

那条河流至海边，天哪，哪个不速之客敢于为它号哭和悼念它？

号哭难道不是只适合那些伫立在生命宝座前不等额角沁出汗珠或心脏流出一滴鲜血便离去的人吗？

泽丹不正是呕心沥血、流汗劳累了三十年吗？我们中有谁没有饮过这甘甜的晶莹之流？

那么，谁尊崇泽丹，谁就要为他高唱赞歌，感激他的贡献，而不是一味地悲伤哭泣。

谁尊敬地怀念泽丹，那就从泽丹聚敛的并作为遗产馈赠给阿拉伯世界的知识宝库中求取自己的那一份。

对伟人不要给予，而要索取，以此尊崇他。

不要给予泽丹以哀号、悼念，而是从他那里取得天才和赠品，以此作为永恒的纪念。

阿拉伯语的前途

1

阿拉伯语的前途如何?

语言是民族整体创造的一种现象，或者说是民族的一般的自我。如果创造力平息和停止了，语言也就停止发展了；停滞中就有倒退，而倒退则意味着死亡和毁灭。

那么，阿拉伯语的前途，取决于讲用阿拉伯语的各民族整体中现有的或非现有的创造性思维的前景。假如那种思维存在，语言的前景如同它的过去一样远大；假如那种思维不存在，语言的前景将像它的姐妹古叙利亚语和希伯来语的现状一样。

我们称之为创造力的是什么呢?

它是一个民族中推动前进的决心，是民族内心对于未知的饥饿、干渴和追求，是民族精神中的一系列理想，且昼夜不息地努力去实现它。任何一个理想并不是由系列环的哪一端实现的，而是由生活添加的新的一环。这种力量是个人的才智，集体的热情。个人的才智是将集体中隐蔽不可见的爱好置于可感觉的明显的形式的能力。在蒙昧时代，诗人是在做准备的，因为阿拉伯人当时处于准备状态中。在跨时代[1]的年月里，诗人在发展和延续，因为阿拉伯人当时处于发展和延续状态中。在混居的年月里，诗人分为派别，因为伊斯兰民族处于派别状态中，诗人逐渐上升、壮大，有时作为哲学家出现，有时作为医生出现，还有时作为天文学家出现，直至困倦引诱阿拉伯语

① 指蒙昧时代向伊斯兰初期的过渡阶段。

中的创造力沉沉入睡。由于这种睡眠，诗人们变为哲学家、演说家、医生，继而变成相面家、天文学家和星相家。

如果发展正确的话，阿拉伯语的前途就取决于讲用它的各民族总体的创造力。如果这些民族具有特性或者观念上的一致，而且这种特性在长期沉睡之后苏醒过来，那阿拉伯语的前途如同它的过去一样远大。反之亦然。

2

欧洲的文明化和西方精神可能对阿拉伯语有什么影响?

影响是一种食物，语言从外界摄取，经过咀嚼，咽到肚里，其有益部分转化为有机部分。这同树木将阳光、空气和土壤中的诸元素转化为枝干、树叶、花朵和果实一样。但是，如果没有用以咀嚼的牙齿和消化的胃，食物就会白白地被排泄掉，而且会变成致命的毒素。有多少树木在荫凉下面时，是何等渴望生命，当它被移至阳光下时，却蔫枯和死亡了。有道是，谁属于它，谁就被给予和增加；谁不属于它，谁就被剥夺。

至于西方精神，它是人的一种作用，生活的一部分。人的生活是永远前进的大军，语言、政府和各种派别正是由其道路上方飘荡的金色尘埃形成的。走在这支大军前列的各民族是创新者，创新者具有影响力；在这支大军尾部的各民族是因循守旧者，他们受影响。当东方人先进时，西方人跟随着，我们的文明对他们的语言具有巨大的影响；当他们变为先进时，我们追随着，从根本上说他们的文明对于我们的语言、思想和道德具有巨大的影响。

不过，西方人过去享用我们烹饪的食物，经过咀嚼和吞咽，吸收了其中有用的物质。而东方人现在享用西方人的烹饪品，虽然咀嚼和吞咽，但没有吸收利用其中有用的物质，却把自己变成了半西方人。这正是我所担心的，也是十分讨厌的情况。在我看来，东方有时像个掉光牙齿的老人，有时又像个没长牙的稚童！

西方人的精神是我们的朋友和敌人。如果我们能把握它，它便是朋友；如果我们被作为祭品，它便是敌人。如果我们从它那里得到适合我们的东西，它就是朋友；如果我们被置于适合它的位置，它就是敌人。

3

当前阿拉伯国家政治发展的影响是什么？

东西方的作家和理论家一致认为阿拉伯国家处于政治、行政和心理的混乱之中。他们中的大多数人都认为这种混乱将导致崩溃和灭亡。

而我则要问：那是混乱还是厌倦？

如果是厌倦，那么厌倦是每个民族的终结，每国人民的尽头。厌倦是昏睡状的死亡，睡眠式的消逝。

如果确实是混乱，那么在我看来，这种混乱总是有益的，因为它暴露了民族精神中的隐秘部分。以后将以清醒代替昏沉，以明晰代替恍惚。这一如暴风以其威力震撼树木，不是将其连根拔起，便是摧枯拉朽，将黄叶撒遍大地。如果一个民族的混乱没能铲除什么本质的东西，这恰恰证明了这个民族中存在着一些创造力。薄雾是生活巨书中的第一个词汇，而不是最后一个词汇；而薄雾正是混乱的生活。

如此说来，政治发展将使阿拉伯国家的混乱转变为秩序，将其内部的紊乱和复杂状况转变为有条不紊和谐调一致。但是，这种影响没有也不会以钟爱代替厌烦，以热情代替急躁。陶工能用泥土制成酒罐和醋罐；但是，若用沙子和碎石，他什么也做不成。

4

在高等和非高等学校里能普及阿拉伯语及用其讲授所有学科吗？

在高等和非高等学校里普及阿拉伯语，将使这些学校具有纯粹的爱国主义特点；以后，用阿拉伯语讲授所有的学科，会使学校从慈善机构、派别学会和宗教团体的手中转入地方政府手中。

譬如说，在叙利亚，教育是以施舍的形式来到我们这里的。我们过去直至现在仍然吃着施舍的面包，因为我们挣扎在饥饿线上，那面包让我们活下去。当它让我们活下去的同时，它又置我们于死地。之所以让我们活下去，是因为面包唤醒我们全部的良知，略微启迪我们的才智；之所以要置我们于死地，是因为它分割我们的语言，削弱我们的统一，切断我们的纽带，疏远了我们的关系，直至我们的国家变成兴趣各异的、口味不同的一小块一小块殖民地，每一块都依附于一个西方国家，高举它的旗帜，歌颂其荣耀和功德。在美国学校学得一点知识的青年，倾向于美国代办；在耶稣学校里尝了一口知识的人，变成了法国人的使节；身着俄国学校校服的青年，成为俄国人的代表……最终，这些学校每年都要毕业一些代办、使节和代表，其明显的证明是目前对叙利亚的政治前途存在着分歧，差异甚大。那些接受英语学习的人，希望美国和英国成为自己国家的保护人；那些接受法语教育的人，要求法国管理他们的事务；那些既没有接受这种也没有接受那种语言的人，则既不要这个国家，也不要那个国家，而希望执行接近他们知识和智力的政策。

我们的政治倾向大致追随着为我们提供教育费用的民族，这是东方人内心感恩戴德感情的表现。但是，这种为房屋一隅奠基，却使另一面墙坍塌的感情是什么？这为一花独放，却毁掉整座森林的感情是什么？这让我们欢欣一日，而毁灭我们一世的感情是什么？

西方真正的行善之人和慷慨之士并没有把蒺藜和荆棘放进送到我们这里的面包里。当然，他们试图有利于我们，而不是有害于我们。但是，那些蒺藜和荆棘从哪里来？这是我留待以后研究的。

是的，阿拉伯语将在高等和非高等学校里得到普及，并用它讲授所有的学科，我们的政治倾向将统一，我们的民族精神得以凝铸。因为在学校里，各种倾向得到统一；在学校里，民族精神得以凝铸。

当这些得以实现时，一个属于我们的国家便产生了。我们可以由民族承担教育青年的责任。不完成这一点，就会形成两个互相矛盾的国家；其中一个是身体，另一个是精神。不完成这一点，我们便不能用自制的面包代替施舍的面包；因为，需求者不可能限制慷慨的施舍者。谁把自己置于被赐予者的地位，谁就无法同施舍者抗衡。被赐予者常常是被动的，而施舍者总是主动的。

5

正规的阿拉伯语能战胜各种方言并统一它们吗?

方言在不断地发展和提炼，去粗存精。但是，它不会被征服，也不应该被征服，因为方言是我们称之为正规语言的来源，修辞学的园地。

像其他事物一样，语言遵循着适者生存的规律。而方言中就有许多适合于存留下去的成分，因为这些成分最接近于民族的思维和总的自我的目标。我说方言将留存下去，指的是它将同语言的本体结合在一起，成为其一部分。

每一种西方语言都有其方言，而这些方言有自己的文学和文学的表现，不乏人们所期待的美和创新。在欧洲和美洲，有一批在诗歌中成功地使用方言和正规语的诗人，给语言带来了发展。我认为，阿拉伯各种格律诗中，有创新的隐喻，优美的转喻等独特的表达方式。如果我们将这些同正规语写成的诗歌相比，同充斥在我们的报章杂志上的东西相比，那不啻是劈柴堆中的一朵奇葩，是在涂上防腐剂的尸体前欢喜雀跃的一群儿童。

现代的意大利语正是中世纪的方言，被专门学家称之为“下层的”语言。但是，但丁、彼特拉克[1]、维柯[2]、弗朗西斯科·达西西[3]

① 彼特拉克(1304—1374)，意大利诗人。

② 维柯(1668—1744)，意大利历史学家、美学家、语言学家。

③ 弗朗西斯科·达西西(约1181—1226)，意大利诗人。

正是用这些变成了正规意大利语的方言创作了他们不朽的诗歌和二重韵诗。这些方言此后又成为通行的拉丁语的框架，但是，它是在反动分子所抬的尸床之上……埃及、叙利亚和伊拉克的方言距迈阿里①和穆泰纳比的正规语的距离，比起意大利的下层居民语同奥菲迪、法尔基勒的语言的距离要远。在近东，一位伟大人物的著作用方言写成后，不会再译成正规语。而这种状况在阿拉伯国家不可能发生，因为东方人是些保守主义者，不论是自觉或不自觉，怀旧情绪远甚于注重现在和将来。他们之中的伟大人物要能站得住脚，必然是走着前人已走过的路，而前人所走之路不过是思想的摇篮到坟墓的最短的一段路而已。

6

振兴阿拉伯语的最好途径是什么?

振兴阿拉伯语最好的也是唯一的途径在诗人的嘴里、唇间和手指之间。诗人是创造力和人类之间的中介，是感情世界转移到理性世界的桥梁，是思维世界转移到记忆和记载世界的桥梁。

诗人是语言的父亲和母亲。诗人走到哪里，语言就到哪里；他到哪里停下，它也在哪里停下。如果他死了，它就坐在他的墓前呼号哭泣，直至另一位诗人经过，握住它的手。

如果诗人是语言的父亲和母亲，模仿者便是它尸衣的纺织者，坟墓的挖掘者。

我指的诗人是所有或大或小的发明家，是所有或强或弱的发现者，是所有或伟大或渺小的创新者，是所有生活的热爱者——不论其是宗教头领还是乞丐，是心惊胆战地站在昼夜前的人——不管其是哲学家还是葡萄园守望者。

而模仿者则什么也发现不了，什么也不创造，从同时代人那里汲

---

① 迈阿里(973—1057)，阿拉伯阿拔斯王朝时期诗人。

取精神生活的养料，靠拾人牙慧度日。

我指的诗人是在田园里的耕作者，他用的犁铧不同于从父辈那里继承的犁铧，尽管两者的区别并不大，此后，就产生了有新名称的新犁铧；我指的诗人是那种园丁，他在黄花和红花之外，培育出第三种橙色花，这就有了新名字的新花；我指的诗人是那种编织出各种图案和线条的织者，他与邻居的织者们不同，织出了有新名字的新织物；我指的诗人是水手，他为自己的双桅船张起了第三张帆；我指的诗人是那位建筑师，他与那些建造一门一窗房屋的建筑师不同，盖起了双门双窗的房屋；我指的诗人是那个染匠，他把前人从未染过的几种颜色混在一起，创造出了一种新的颜色。在水手、建筑师、染匠之后，来了一个有新名字的成果摘取者，他在语言之船上加了一张帆，在语言之屋增开了一扇窗，在语言之布上多染了一种颜色。

而模仿者，他总是沿着一千零一个驼队走过的路行走，因为害怕迷路和失去方向，绝不偏离那条路。他按照那个方式生活，获得一份俸禄和吃喝，走那一千零一代人走熟的路。他的生活犹如一声回响，他的本性像遥远真理的微弱的影子继续存在，他什么也不知道，也不想知道。

我指的诗人是进入自己内心神殿的虔诚者，跪下哭泣、呼号、赞颂、聆听、私语，然后走出来。在他的唇间和舌尖有各种名词、动词、字母和他的崇拜形式的各种派生词。崇拜形式日新月异，吸引人的花样每日翻新。除此之外，他在语言之琴上加了一根银弦。在语言的火堆上添了一块好柴。

而模仿者总是重复祈祷者的祷告词、诅咒者的咒骂。他既无信念，又无感情，让语言停滞；个人的表达既不修饰，又没有个性。

我所指的诗人是若爱上一个女人则只钟情于她的人。他不以人类的方式，他让她的理想穿上白日的光辉，夜晚的威严，暴风的号叫和峡谷的宁静；让她以试验为语言戴上花冠，以满意为语言制作项链。

而模仿者在爱情、挑逗和赞美少女上也一味守旧。假如提到情人的面容、脖颈时，便说一如满月，酷似羚羊；当想到她的头发、身材、眼神时，便说漆黑如夜、柔若嫩枝、迅如箭矢；假如抱怨，便说不眠的眼帘、遥远的黎明、可人的斥责。如果想创造一个修辞的奇迹，他便说："我的情人想让水仙般的眼里流出珍珠似的泪水。以灌溉玫瑰色的脸颊。用冰样的牙齿咬啮柳枣样的手指。"我们的朋友就以这样老掉牙的歌词鹦鹉学舌。他不知道这是愚蠢地损害语言的肌肤，以软弱无力和漫不经心蔑视语言的荣誉和崇高。

我说过发明家的功绩和一无贡献者的害处，还没有提到那些把一生都消磨在编纂词典、著述冗文和建立语言学会的人。对他们，我未置一词，因为我相信他们是语言之波和岛屿之间的岸。他们的作用不会比筛子更大，筛子的功能是好的；但是，如果一个民族的创造力仅限于播种杂草和收获干草，只在庭院里收集荆棘和萤火虫，那么筛选者又挑选些什么呢？

我重申，语言的生命、统一、普及以及一切与其有关的，过去是，今后也还是取决于诗人的想象。我们这里有诗人吗？

有，我们这里有诗人。每个东方人，在自己的田野间、苗圃里、织机前、庙宇中、讲坛上、办公桌旁，都能成为诗人。每个东方人都能把自己从模仿和传统的监狱里解放出来，走到阳光下，行进在生活行列中。每个东方人都能顺应隐藏在灵魂里的创造力——那是由上帝的子孙创建的永恒的力量。

至于那些献身于天才们的诗歌和散文的人，我要对他们说："为了专门的目标，选择前人的影响。对于你们和阿拉伯语来说，在现实的自我基础上盖起的简陋小屋，要比借用来的自我建起的高楼好得多；保持你们心灵的自尊，而不要去杜撰什么颂扬、赞誉和祝贺词。对你们和阿拉伯语来说，默默无闻和卑贱地死去也比把自己的心在雕塑和偶像前烧成轻烟要好得多；让你们的民族感情作为描绘东方生活、稀奇古怪的痛苦和形形色色的欢乐的推动力。对你们和阿拉伯语来说，涉猎周围最普通的生活事件，用你们的想象装饰它们，也比用西方人的最庄重、最美丽的辞藻表达要好得多。"

伊本·法里德

欧迈尔·伊本·法里德是个航海诗人，他焦渴的灵魂畅饮精神佳酿，沉醉后陷入空想的彷徨境地，遨游在诗人的梦想、情人的爱慕和苏非派的愿望等可感觉的事物的世界中。不久，他突然清醒，又回到可见的世界，用优美和震撼人心的语言记录下所见所闻。但是，在某些时候，他的精神里也不乏文字上的复杂化，从根本上说，他并不是一个创新者。

不过，如果我们把法里德的职业放在一边，研究一下他真正的艺术、艺术后面的心理现象，便会发现他在绝对思维的神殿里是一位预言家，在辽阔的想象之国是一位君主，在伟大的苏非派大军中是一位统帅，那支大军坚定而缓慢地向真理之城前进。他在自己的路上征服了生活的琐屑和无聊，永远注视着生命的威严。

法里德生活在缺乏智慧教育和心理创造的时期，那时的人们都把精力花费在模仿传统上，忙于诠释，阐明伊斯兰教的文学和哲学遗产的光荣。但是，才智——神的奇迹——已经使他成为热情诗人，放弃了那个时代，回避了那个环境，专心致志地将内心世界写成永恒的诗，触及到生活的奥秘。

与穆泰纳比不同，法里德没有涉及他所处时代的题材。与迈阿里不同，法里德没有受到生活秘密的困扰，而是不看世界，注视着世界以外；不听地球的喧嚣，聆听无尽世界的歌曲。

这就是法里德：像太阳光一样无瑕的灵魂，像火一样熊熊燃烧的心灵，像高山间的湖泊一样清澈的思想。假如说他不如蒙昧时期的人坚毅，不像教育家那样文雅，那在他的诗中有前人不曾梦想到的，后人未能实现的。

新时代

在今天的东方，有两种彼此争斗的思想：旧思想和新思想。旧思想将要被征服，因为它已经精疲力竭，意志全无。

在东方有一种受到睡意搅扰的觉醒。觉醒是征服者，因为太阳是它的统帅，黎明是它的军队。

在东方的田野上，昔日的东方是幅员广阔的怯懦者；今天则成了正值豆蔻年华的少年——屹立着，呼唤坟墓中的居民，让他们奋起随着岁月前进。当春天唱出自己的歌曲，冬季冻毙的生机就会复生，脱去尸衣，迈出新步。

在东方的天空有强劲的震撼，它生长，延伸，壮大，慑服那些警觉而敏感的心，拥抱它们。这种震撼还环绕着有气节而富有情感的心，以赢得它们。

今日之东方有两位主人：一位主人命令、禁止，受到服从，但他是一位行将就木的老人；另一位主人默不作声，因法律和制度保持沉默，因真理的平稳而平静，但他是位巨人，坚强有力，了解自己的意志，相信自己的本质和职能。

今日之东方有两个人：昔日的人和明日的人。东方啊，你是其中的哪一个？

你为何不靠近我，让我审视你的面容，端详你的外貌，鉴别你是走向光明的人，还是走向黑暗的人？

来吧，告诉我：你是什么？你是谁？

是一位政治家悄声说着：“我想从祖国那里获益呢。”还是一个热心的人自语道：“我渴望祖国获益。”

如果你是第一位，那便是个寄生虫；如果你是第二位，那你便是沙漠中的绿洲。

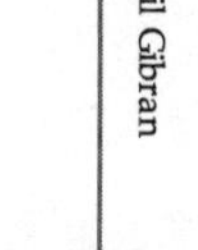

是一个商人，把人们的需求当作获利和自我膨胀的途径，进而垄断必需品，用一元钱售出一分钱购进的货呢？还是一位勤奋努力的人，便利编织者和耕作者之间的交换，让自己成为需求者和被需求者之间的一环，从而有利于需求者和被需求者双方、公平合理地从双方获益？

如果你是第一位，那你便是居住在宫殿或者牢狱里的罪犯；如果你是第二位，那你便是行善者，不管人们反对你，还是感谢你。

是一位宗教首领，用人们的单纯编织自己身上的圣袍，用人们的幼稚熔铸自己头上的桂冠，声称厌恶魔鬼，却靠魔鬼的财富偷生呢？还是一位虔诚的信徒，把个人的美德作为民族进步的基础，把探究自己灵魂的奥秘看成是总体精神走向完美的阶梯？

如果你是第一位，即使你白昼把斋、夜晚祈祷，也仍是一个叛教者、伪信者；如是你是第二位，那便是真理乐园中的一枝晚香玉，它的馨香飘溢在人们的鼻息间，或者冉冉上升到保持鲜花气息的太空。

是一位新闻记者，在奴隶贩子市场上兜售他的思想和原则，在社会制造的灾难和祸患的消息中成长，如一只饿极了的兀鹰向腐尸俯冲呢？还是一位站在文明讲坛上的教员，从岁月的业绩中获益，并将个人的启示传授给人们？

如果你是第一位，那你便是痤疮溃疡；如果你是第二位，那你便是针剂药膏。

是一位执政者，在任命他的人面前卑躬屈膝，对治下的人趾高气扬——他抬臂伸手只是为了伸进人们的口袋，迈步走路只是为了实现个人对人们的贪欲呢？还是一个忠贞的仆人，管理人民的事务，为他们的利益废寝忘食，为实现他们的愿望孜孜以求？

如果你是第一位，那便是民族打谷场上的毒草杂苗；如果你是第二位，那便是民族粮仓里的吉祥神。

是一位丈夫，凡禁止妻子做的事，他干起来却合理合法——他寻欢作乐，腰间挂着囚禁妻子牢门的钥匙；他狼吞虎咽可口的食物，直至消化不良，而妻子却在一旁面对空盘。还是一位伴侣，每做一件事，都要携着女伴的纤手，总是倾听她对此事的看法；每获得一次成功，总同她分享快乐和荣光。

如果你是第一位，那便是已经灭绝的野蛮部落中遗存的一员，这些部落住洞穴，穿兽皮；如果你是第二位，那便是一个民族的先锋，同黎明一起走向公正和明智的正午。

是一位研究有成的作家，昂首注视我们头顶上的东西，而他头脑中的东西却匍匐于往昔的深渊——那里一代又一代人抛下褴褛的衣衫，丢弃无益于他们的东西；还是一种纯净的思想，探索生活的大海，了解哪些有益，哪些有害，为建设有益，摧毁有害付出毕生的精力？

如果你是第一位，那便是低能、残疾、愚钝和浮华；如果你是第二位，那便是饥饿者的面包，焦渴者的饮水。

是一位诗人，在王侯面前弹奏冬不拉，为新娘新郎抛洒鲜花，或跟随在死尸后面，双手捧着吸满温水的海绵，走到墓地时，便用舌头和嘴唇挤压海绵呢？还是一位天才，上帝将弦琴放在他手中，让他奏出高昂的曲调，吸引我们的心，让我们停下，庄重地立于生活及其美的威严之前？

如果你是第一位，那你便属于巫师们中的一员，只能在我们的心中激起相反的感情，假如他们哭泣，我们便欢笑，如果他们高兴，我们便悲哀；如果你是第二位，那你就是目光炯炯，能见到我们所见不到的智者，是我们心中甜蜜的希望，是我们感到迷惘时的神明。

我说，在东方有两支队伍，一支是弯腰驼背的老朽，拄着拐杖走路，尽管由高处向下走，仍然气喘疲惫；另一支是青年人，他们奔跑起来像是脚上生翅，欢乐地唱着歌，宛如喉中有弦，他们跨越障碍，似乎山前有一种吸引他们的力量，勾魂慑魄的魔力。

东方人啊，你属于哪一种？又走在哪一支队伍里？

你何不在夜晚寂静时扪心自问——你的心已经苏醒——你属于昔日的奴隶，还是明天的自由人？

我对你说，创造时代和被时代创造的昔日的子孙走在时代的送葬

队伍之中。我说，他们拽紧了被岁月剥蚀了的绳索，如果这绳索断了——它将很快断裂——攀附着它的人就坠入遗忘的深谷。我说，他们居住在基础濒于坍塌的房屋内，一旦狂风袭击——它即将来临——房子就将坍塌。对他们来说，这些房屋本是坟墓。我说，他们的思想、言论、争辩、著述、诗集，他们的一切业绩，不过是限制他们的沉重锁链，因为他们虚弱，已拖不动它了。

而明天的儿女，是受生活呼唤的人。他们迈着坚定的步伐，高昂着头颅，追随着生活。他们是新一代的曙光，烟雾遮挡不住他们的光芒，锁链的碰撞掩盖不了他们的声音，池沼的恶臭顶不住他们的芬芳。在人数众多的派别中，他们是少数派。但是，一枝开满花朵的树枝上有着枯萎的森林中所没有的东西，一颗麦粒中有着一整堆干草里所没有的东西。他们默默无闻，但是彼此相知，犹如崇山峻岭，遥相呼应。而那些洞穴，是看不见的瞎子，听不见的聋子。他们是上帝播在田园里的种子，以内在的力量冲破了外壳，在阳光下嫩枝摇曳，将长成一棵了不起的大树，根深深地扎入地心，枝高高地伸向苍穹。

孤　独

生活是孤独大海中的一座岛屿。

生活是一座岛屿，它的岩石是愿望，树木是理想，鲜花是愁思，泉眼是焦渴。这座岛屿处于孤独大海的中央。

我的兄弟！你的生活——一座岛屿，同所有的岛屿和地区分隔开，尽管你派遣船只航行到其他海岸，尽管有一些舰队驶抵你的海岸；可你仍然是你，仍然是因苦乐而孤独，因思念而遥远，因奥秘而默默无闻的岛屿。

我的兄弟！我看见你坐在一座金山上，因自己的财富而兴高采烈，因个人的富有而趾高气扬。你感到每一捧矿石中均有一条秘密通道，把你的思想和人们的思想联系起来，把你的意向同人们的意向联系起来。在我看来，人像一位伟大的开拓者，率领常胜的军队，来到坚固的要塞，将其摧毁；来到坚如磐石的要地，将其占领。但是，我再看看你时，却发现你所在的仓库大墙的后面，有一颗孤独的心正焦渴地战栗，它像被关在黄金珠宝制成的无水笼子一样。

我的兄弟！我看见你坐在荣耀的宝座上，周围的人赞颂你的名字，反复念叨你的德行，历数你的天才，目不转睛地注视着你。他们好像面对着先知，先知以自己的精神力量抬升他们的灵魂，带领他们在星辰之间飞翔。你注视着他们，脸上露出欢愉、力量和征服的神情，你在他们之间的地位如同灵魂在肉体内的地位。但是，当我再看看你的时候，却发现你孤独的天性正伫立在你的宝座旁，它因你的寂寞而痛苦，因你的惆怅而烦恼。此后，我见到它向四面八方伸出手去，似乎在追求看不见的幻影的同情与施舍。不久，我见到它在人们的头上眺望，眺望着除孤独之外一无所有的地方。

我的兄弟！我看见你沉迷在对一个美女的爱情之中，向她的秀发

喷洒心灵的蜜汁，用嘴唇吻遍她的纤手。她则一往情深地望着你，嘴边绽露出母性的微笑。我悄悄地说道：

“爱情消除了这个男人的孤独感，抹掉了他的寂寞，他同那个普通的灵魂联系在一起，把因空虚和忘却而与之分离的东西又吸引回自己的身边。”

但是，当我再看看你的时候，发现在你沉迷的心中还有一颗孤独之心，企图向女人的头脑中倾注它的隐秘。但它做不到。我发现在你因爱情而溶化的自我后面，还有一个孤单的自我，它如雾霭，希望在女伴的手中化为泪珠，但是它做不到。

我的兄弟！你的生命是一座孤独的小屋，远离其他家庭和街区。

你的精神生活是一所宅邸，远离人们冠以你的名字的表象和外观的道路。假如这所宅邸是昏暗的，你却无法用你亲戚的灯盏去照亮它；假如它空荡，你却不能用你邻居的财产去充实它；假如说它建在沙漠里，你却无法将它移建到别人的花园里；假如它耸立在一个山顶上，你却不能把它降至别人踏平的山谷中。

我的兄弟！你的精神生活被孤独环绕。假如不是这种孤独，你就不成为你，我也就不是我了。假如不是这种孤独，即使我听到你的声音，会以为我自己在说话；即使我看到你的面孔，会以为我在照着镜子。

有高柱的伊赖姆城

难道你不知道你的主怎样惩治阿德人——有高柱的伊赖姆人吗？

——《古兰经》

序　言

舍达德·本·阿德统治了全世界后，命令阿德人贵族中的一千名王子外出，寻找远离山区而又水源丰富、空气新鲜的大片土地，以修建黄金之城。这些王子应命出征，每个王子各带一千名仆人和侍从。他们走啊走，找到了一片空气新鲜的开阔土地，十分高兴，命令工程师和建筑师规划设计出一个四方城，周长四十法尔萨赫①，每边长十法尔萨赫。挖地基至挖出了水，便用玛瑙石砌墙至地面，再用裹金的镶板垒成五百腕尺②高的城墙，在阳光照射下，几乎望不到它的顶端。舍达德找遍全世界的矿产，开采黄金，制成金砖，挖出所有埋藏在地下的宝库，在城里盖起了十万座宫殿，王国内的头人每人一座。每座宫殿均以各种玉石作柱，柱高一百腕尺。城中有数条河流，小渠纵横。城中到处都是黄金宝石，河边的树干都是黄金铸成，树叶和果实用玉石制成，围墙上遍涂麝香和龙涎香。舍达德将这里作为自己的天堂，里面的树木均用祖母绿、宝石和其他矿物制成，树木间饲养着各种善唱的名贵鸟禽。

① 法尔萨赫是西亚的地区长度单位，一法尔萨赫等于6.24公里。

② 腕尺是西亚地区的长度单位，一腕尺等于0.5883米。

有高柱的依赖姆城

地点：黎巴嫩东北部的赫尔姆勒村，由一小片核桃、白杨、石榴树林环绕的阿绥泉边的一座独立小屋。

时间：大约是1883年7月的某一天。

人物：泽因·阿比丁·奈哈温迪——40岁，波斯修行者，以苏非派人士出名。

纳吉布·拉赫玛——33岁，黎巴嫩文学家。

阿米娜·阿莱维娅——在这一带以峡谷精灵闻名，没人知道她的年龄。

（幕启。泽因·阿比丁靠在树荫下，用长拐杖的一端在地上画着圆圈。片刻之后，纳吉布·拉赫玛骑着马走进小树林。他下了马，用树枝掸掸衣服上的尘土，走近泽因·阿比丁。）

纳吉布·拉赫玛（以下简称纳）　你好，我的主人。

泽因·阿比丁（以下简称泽）　你好。（扭脸，在心里说）你好，我接受；至于主人，我不知道是否接受。

纳　（朝四周审视）阿米娜·阿莱维娅是住在这里吗？

泽　这是她的住宅之一。

纳　你是说，我的主人，她还有别的住处？

泽　她的住宅数不清。

纳　从一大早，我就在寻找她。每遇到一个人，我就打听她的住处，没人告诉我她有两个或者更多的住处。

泽　这证明从一大早，你所遇到的只是些光知道用眼看和耳听的人。

纳　（吃惊地）事情大概正如你所说的。但是，我的主人，你是否要我确信，这是阿米娜·阿莱维娅住的地方？

泽　是的，这是她的躯体有时候住的地方。

纳　你为什么不告诉我她现在在什么地方？

泽　她无处不在。（用手指着东方）而她的躯体在这些山上和峡谷里游荡。

纳　她今天回这里吗?

泽　如果上帝愿意，她会回来的。

纳　(坐在泽因·阿比丁对面的石头上，久久地端详着他)我认为，从你的胡须看，你是波斯人。

泽　是的，我出生在奈哈温德，在设拉子长大，在尼萨波尔受教育，去过东方和西方，在任何地方都是陌生人。

纳　我们在任何地方都是陌生人。

泽　不，实际上，我遇见并同成千上万的人交谈过，见到的都是满足现状的人，他们去的都是些狭窄地方，那里的人避世躲人。

纳　(对他的话颇欣赏)人那，我的主人，注定喜爱家乡。

泽　有限的人注定热爱有限的生活，鼠目寸光的人只能见到眼睛鼻子下的一点地方。

纳　不是每个人都能洞悉生活的全部。要求鼠目寸光的人既看得远又看得细是不公平的。

泽　说得对，说得好。要酸葡萄也酿出酒也是不公平的。

纳　(片刻沉默后)请听我说，我的主人。几年前，我就听说阿米娜·阿莱维娅的情况并且受到极大的震动，我便决心要见她，向她讨教她的秘密……

泽　(打断他)在这世界上有人能了解阿米娜·阿莱维娅的秘密吗?有人能在海底像在花园那样悠闲散步吗?

纳　我没表达好，我的主人，请原谅。我当然无法洞悉阿米娜·阿莱维娅的奥秘，但是我希望听她讲讲自己的事，走进有高柱的伊赖姆城的事。

泽　你应该站在她的理想之门前，假如门为你敞开，你就实现了目标；假如没有敞开，那你就应受责备。

纳　我的主人，你说的假如门没有敞开，我该受责备是什么意思?

泽　我指的是阿米娜·阿莱维娅最了解人们的心，她只要看他们的内心一眼，便可知道他们的一切。假如她认为你配同她一谈，她

便同你谈，否则就不谈。

纳 为了自由地听她谈话，我该说什么和做什么呢？

泽 你若是想通过言语或者行动接近阿米娜·阿莱维娅，那是徒然。她不能，也不会听你说什么，不能、也不会看你做了什么。她在用心聆听你所没说出来的话，仔细察看你所没做的事。

纳 （露出惊讶的表情）你这番话是多么动人和美丽啊！

泽 我谈到阿米娜·阿莱维娅的话语，不过是一个想唱歌的哑巴的呜呜声。

纳 那么，我的主人，你知道这个怪女人的出生地在什么地方？

泽 她出生在上帝的怀里。

纳 （慌乱地）我说的是她的躯体诞生在什么地方？

泽 在大马士革附近。

纳 你为什么不告诉我一点关于她的双亲和她成长的情况呢？

泽 你的这些问话多像法官和律师的提问啊。你以为通过解释表面现象就能得到核心，看看酒罐的外面，就知道酒的味道了吗？

纳 在灵魂和躯体之间有联系，在身体同其周围也有关系，我不认为偶然地关注一下这些联系和关系，一点也没用。

泽 我钦佩你，我钦佩你！我看你有点学问。那么，你听着：

关于阿米娜·阿莱维娅的母亲，我只知道在生她的时候死去了。至于她的父亲，是盲人谢赫·阿卜杜·格尼，在阿莱维十分出名，是那个时期的心理学和苏非派学说的头面人物。他，愿上帝怜悯他，极其喜爱自己的女儿，教育她，把自己头脑中的一切都灌输进她的头脑。当她成年时，他明白她从他那里所得到的知识，同上帝赋予她的知识相比，不啻是大海中的泡沫。于是，他对女儿说："在我的黑暗中发出的光芒，只够照亮我自己。"

当她二十五岁时，他带着她去完成朝觐的义务。当到达叙利亚旷野、离光明之城麦地那只有三天路程时，这位盲人患上了伤寒，不幸逝世。女儿把父亲葬在山坡上，在墓前守了七个夜晚，同他的灵魂交谈，了解未知世界的奥秘。

在第七天的半夜，父亲的灵魂启示她放走骆驼，背上干粮，向东南方向去。她便照办了。（沉默片刻，望着地平线，接着说）阿米娜·阿莱维娅在旷野里走着，来到阿拉伯半岛腹地的一个叫莱卜欧·哈利的地方。自伊斯兰教创建以来，除了少数人以外，从未有驼队涉足其间。而其他朝觐者则认为那里荒无人烟，她定是饿死了。

这些朝觐者回到大马士革后，把这消息告诉人们，大家为她和她的父亲而悲哀，念叨他俩的好处……渐渐地，他们在人们的记忆里被淡忘了……过了五年，阿米娜·阿莱维娅在摩苏尔出现了。她出现了，她出落得既艳丽又庄重，既有知识又善良，犹如流星坠地，引起人们的惊叹。她容光焕发地走在人们中间；同学者和宗教首领站在一起时，滔滔不绝地向他们讲述宗教的事情，描绘有高柱的伊赖姆城的景色。

她成了名人，追随者和赞誉她的人多起来了。城里的学者们害怕了，担心受到蛊惑，便向市长诉说。市长召见她，把一口袋金子交给她，要求她离开这座城市。她拒绝接受钱财，在没人陪同的情况下于深夜出走。

她先后到过伊斯坦布尔、阿勒颇、大马士革、霍姆斯和的黎波里。在每一座城市里，她都鼓动人们，重新点燃他们心中已熄灭的火种。人们聚在她的身边，聆听她的演讲和奇怪的经历，像是被魔法缠身一样，紧紧地被吸引住了。但是宗教头人和学者们却同她争辩，驳斥她的言论，并把她送交当局。

此后，她便隐居起来。几年前，她来到这个地方，离群索居，每日修行膜拜，摒弃一切世俗事务，专心研究神学，探索宗教秘密。

这些就是我所知道的有关阿米娜·阿莱维娅生活的一点点情况。至于上帝让我了解的她的内心、她所具有的力量和天赋，我现在不能说。天哪，人类中有谁能把永恒世界同这个世界放

在一个杯子里呢?

纳 (激动地)我感谢你,我的主人,谢谢你同我谈这位奇怪的女人。现在我更加渴望同她见面了。

泽 (端详了他一小会儿)你是基督教徒,是不是?

纳 是的,我生来就是基督教徒。但是,如果我们撇开各种宗教派别的和社会的附加成分,就会发现这些宗教实际上如出一辙。

泽 你说得对。没有人比阿米娜·阿莱维娅更了解纯粹的宗教的一致性了。尽管像早晨的露珠在不同的花草间光亮各异一样,人们的看法不一……

(泽因·阿比丁突然停下不讲,左右望望,侧耳倾听,示意纳吉布注意。纳吉布像他一样倾听。)

纳 (悄悄地)那就是阿米娜·阿莱维娅。

(纳吉布向他指的方向望了望,似乎感到在这几分钟内发生的变化。他见到阿莱维娅走过来,表情变了,内心也慌乱起来,但还像一尊雕像似的站在那里,一动也不动。

阿米娜·阿莱维娅走过来,面对着这两个人站定,她的容貌、动作和衣着,使她这个当代东方女人更像一位过去各民族所崇拜的偶像,仿佛面孔上的青春遮掩了长达千年的阅历和知识,使人难以确定她的年龄。

纳吉布和泽因·阿比丁仍然笔直而谦恭地站在那里,有点害怕地面对上帝的一位先知……阿米娜·阿莱维娅凝视着纳吉布的脸,目光几乎要穿透他的胸膛。她靠近他,展颜微笑,以甜润的声音说道:)

阿米娜·阿莱维娅(以下简称阿) 喂,黎巴嫩人,你来刺探我们的消息,打听我们的情况。可是,你见到的就是眼前的这些,听到的也就是这些。

纳 (激动地)我已经看到,听到,相信了,也够了。

阿 你不要满足于一知半解。谁能带着一个空罐到泉水边汲水,带着两罐满溢的水离开?

（她伸出手去，他双手握住，谦恭而害羞地亲吻了她的指尖，动作迅速而隐蔽。她瞥了一眼泽因·阿比丁，向他伸出手，他如纳吉布一样亲吻了她的手。她略略向后退了退，坐在家门口一块雕凿过的石块上，指着另一块挨近的石头，对纳吉布说。）

阿 这是我们的座位，请坐吧。

（纳吉布坐下后，泽因·阿比丁也随之坐下。）

阿 在你的眼睛里，我们看见了真主的光芒。谁注视着我们的眼中有真主的光芒，谁就会看到我们纯粹的赤裸裸的真实。在你的脸上，我们看到真诚的你对真理的追求。如果话到嘴边，那就说出来，我们洗耳恭听。如果你心存疑惑，那就摆出来，我们给予答复。

纳 我来是想弄清楚人们感到奇怪的事。不过，当我站到你面前，便知道生活是整个灵魂的表象。我这样的人像是一个渔夫，把网撒向大海，想捕鱼；当把网拖到岸边，发现里面有一口袋宝石。

阿 你来不是为了打听那有高柱的伊赖姆城吗？

纳 是的，我的女主人。自幼，“有高柱的伊赖姆”这几个字就萦绕在我的梦想之中，与我的想象同行，包括了许多象征和隐蔽的目标。

阿 （扬起头，闭上眼，她的声音使纳吉布以为发自以太的腹地）好吧，我们抵达那座被遮盖的城市后，便走进去，在城里住下。我们感到精神爽快，十分欢愉，在口袋里装满了珍宝。谁要是否认我们所见到的这一切，那就是在真主面前否定他自己。

纳 （审慎地）嗯，我的女主人，我只不过是一个说话不利索的孩子，假如我要打听一件事，我会恭恭敬敬地问的；假如想要把一件事弄得水落石出，也会专心致志和刨根问底的。

阿 想问什么就问吧。真主给真理开了好多扇门，谁以信仰之手去敲，门就会敞开。

纳 你是身体还是灵魂进了有高柱的伊赖姆城？它是用地球上的各种

元素做成的吗？它坐落在地球上某一个地方吗？或者它是一座象征着精神状态的、是真主的先知在恍惚状态下到达的想象中的城市？

阿　它不是我们在地球上所见到的，而是我们处于想象状态时才见到的。我的身体进入了那个被遮盖的城市，而我的身体是我显现的灵魂；我的灵魂进入了那个被遮盖的城市，而我的灵魂是我隐匿的身体。谁想分割身体的原子，那就大谬不然了。鲜花同它的芳香是一种物质，不承认鲜花颜色和形状的盲人说："鲜花就是在永恒世界里散发香气。"而患鼻塞感冒症的人则讲："鲜花只有颜色和形状。"

纳　那么，我们称之为"有高柱的伊赖姆"的这座被掩盖的城市是处于想象之中的了？

阿　无论何时何地都有想象或者精神状态。一切可见的东西和合理的事物都是精神状态。假如你闭上眼睛，望着你内心的最深处，你便看到世界的普遍性和局部性，了解了它的规律以及与此相联系的方法和媒介，理解了你探索的道路。好，如果你闭上眼睛，打开你的视力，就看到存在的始与末。那个终点会变成起点，而起点又变成了终点。

纳　那么所有的人都能在闭上眼睛的情况下见到纯粹的生活内核吗？

阿　每个人都可以渴望再渴望，直至渴望从视力前剥去表象的帷幕，便能看到那本体。谁看到本体，就看到纯粹的生活内核。每个本体都是纯粹的生活内核。

纳　（把手放在胸口）那么说，世界上的一切可触摸到的，合理的，都在这里，我心里了？

阿　世界上的一切都存在于你，因你而存在，为你而存在。

纳　那么，我可以对自己说，有高柱的伊赖姆城存在于我的内部，而不在我的外部了？

阿　世界上的一切都存在于你的内部，所有存在于你内心的都在世界上。彼此之间最近和最远、最高和最低、最渺小和最伟大之间并没有截然的界线。在一滴水中有着浩瀚大海的全部秘密，在一粒原子中有着地球上所有的元素。在一次思想活动中有着世界一切的运动和秩序。

纳 （露出迷惑不解的神情）有人对我说，我的女主人，你走过了漫长的路，到达了阿拉伯半岛腹地的一个叫莱卜欧·哈利的地方。他们还告诉我，你父亲的英灵给你以启示，引导你到达那个被遮掩的城市，最后到达有高柱的伊赖姆城。那么想去那座城市的人假如也处于你当时的状况，有具体的方式方法以及道义上的原因，也能得到你所得到的东西吗？

阿 是的，我们跋涉穿过许多沙漠，忍饥挨渴，经历了白日的酷热与危险、夜晚的恐怖和平静，最后才见到那座城市的城墙。在我们进入这座真主之城之前，没有人迈出过这样的一步。只有经历了身体的饥饿和灵魂的焦渴才能到达那里，领略那里的光辉。唉，事实上，我们有一些兄弟姐妹们，在他们离开自己家园出来闯荡之前，他们的灵魂就已在这神圣之城萦绕了。

（她略略沉默了一会儿，然后用手指指周围的树木和香草，接着说：）

春季撒入地表的每一颗种子在破开外壳、形成叶片、开出鲜花、结成果实时，都有独特的方式；无论这些方式有多大差异，所有种子的道路只有一条，这道路就是朝向太阳。

泽 （摇摇晃晃，三步往前，两步退后，十分激动，仿佛灵魂已升华到崇高的世界，以悦耳的声音大声说）真主至大！别无神祇，唯有真主，真主保佑我的舌头和嘴唇。

阿 好啊，说呀！真主至大，别无神祇，唯有真主。说别无其他，唯有真主。

（阿比丁在心里默念着这些话。纳吉布则似中了魔似的凝视着阿莱维娅，用近乎耳语的声音说：）

纳 别无其他，唯有真主。

阿 你说呀，别无神祇，唯有真主；别无其他，唯有真主。做一个

基督教徒吧。

纳 （低着头，嘴唇嚅动着说了那些话，抬起头说）我说了，我的女主人，我要一直说到生命的尽头。

阿 你的生命没有尽头，你将同一切事物那样永存。

纳 我是谁？我是什么？我会永存？

阿 你就是你，你就是一切，所以你会永存。

纳 当然了，我的女主人，我知道组成我物质性整体的原子将因第一物质的存在而存在。不过，天哪！我提出的这个想法也是永存的吗？这带有困意的微弱的清醒也是永存的吗？这些因阳光照射而发亮的泡沫，后浪扑去了前浪，为的是诞生更新的浪潮的大海波涛也是永存的吗？这些愿望和理想，这些痛苦和欢乐也是永存的吗？这些夜晚做的稀奇古怪的、断断续续的梦的幻影也是永存的吗？

阿 （抬眼望天，似乎要从苍天的口袋中掏出点什么，她的话语充满了决心、知识和经验）一切存在都是永存的。世界的存在是其永存的明证，而念头和想法正是科学之全部。如果没有念头和想法，世界上的科学也就不存在了；过去不存在，现在也不存在。它是永恒的，不朽的，除了风化，永不变化；除了以更辉煌的样式出现，不会消失；除了梦想更灿烂的清醒，不会入睡。我很惊讶，有人证明了我们的感觉所形容的外表皮原子的存在；不过，他却否认外表皮恰恰是为了原子而形成。我惊讶，有人论证了构成眼睛的各种元素的永恒性，但此人却怀疑将眼睛作为工具的视觉的永恒性；我惊讶，那些求证创造者永恒的人以起因的消失为结论；我惊讶，那些人注重形成的表象，而不顾表象的成因；我惊讶，有些人将生命分为二，只相信被动的一半，而否认主动的一半；我惊讶，有些人注视着那些沐浴在阳光下的山峦、平原，倾听着树枝沙沙引起的空气语言，享用着鲜花香草的馥郁，随后对自己说：不，我所见所闻的将不会逝去；不，我所知所悲的也不会消失。但是，正是这正注视着的理智的灵魂害怕起来，沉思着，倾听着，高兴着，悲伤着；正是这感觉着的灵魂颤抖着，喜悦着，感知着，悲伤着，证实着；正是这被一切环绕的灵魂将像海面上的泡沫一样消失，像阳光直射下的阴影一样消失。噢，事实上，我对否认自己存在的存在者感到惊讶。

纳　（激动地）我相信自己的存在，我的女主人。谁听了你讲的话，如果不相信自己的存在，那还不如一块石头。

阿　真主在每人的心里都派遣使者，以引导我们走向光明。但是也有人在自己以外寻找生命，生命是在人体内部，而这种人却不知道。

纳　是不是在我们的外部有光明，没有光明，我们就无法得到我们深层的东西？在我们的周围，是不是有一个强者为我们鼓舞士气，提醒我们中间的精神不振的人？

阿　是的！但是，如果家里的人听不到来访者的敲门声不起身开门，那也是白费工夫。人是在其内心的无限与其周围的无限之间的存在。我父亲的灵魂同我低语，是因为我的灵魂在同他交谈；我父亲的灵魂启示我，是我内在的理性启示我外在的理性。如果不是我饥饿干渴，我就得不到面包和饮水；若不是我的渴慕和思念，就不会遇到渴慕和思念的对象。

纳　我的女主人，我们每个人都能用自己的渴慕和思念纺线、将它展开在自己灵魂同其他解放的灵魂之间吗？是不是有一群人具有同灵魂对话的能力，了解它们的想法和愿望？

阿　在以太居民和地球居民之间，是有随着昼夜的交替而进行的对话和交谈的。在人们中间没有人服从不可见的理性力量。有多少人工作时，想象自己是选择者，而实际上他是被选择的。在地球上有多少伟人，其伟大之处是对某一灵魂的完全服从，就像琴弦完全受专业琴手的拨动一样。

是的，在可见事物的世界与理性世界之间有一条通道，我在不知不觉之中走过；随后，我们手捧着种子回来，将种子撒入我们日常生活的土壤中，生长成宏伟的事业或者不朽的言论。如果不

是那些我们灵魂同以太灵魂之间开放的通道，人们之中就出现不了先知，也不会有诗人的崛起，也没有知识分子在我们之中行走。

（她声音较前更响些）我说，历代的来源展现在我们面前。同下令者和服从者、警告者和被警告者之间的关系相似，在最高满足和最低满足之间有着多种联系。

我说，我们被吸附着我们身体的各种物体所包围，各种联系启发着我们的关系，许多力量在鼓动我们的力量。

我说，我们的怀疑并不否定我们仍然顺从所怀疑的；我们献身于肉体的愿望，并不轻视其他灵魂对我们灵魂的意愿；我们对自己的现实熟视无睹，并不掩盖被蒙的眼睛所未见的现实。我们若是停住，行走的人在走自己的路；我们平静下来，活动者仍在活动着；我们沉默，说话者还在出声说着；我们的瞌睡不会抵消他们的清醒，我们的清醒也不会把他们的梦想转移到我们的想象舞台上。我们是一个世界拥抱的两个世界中的幻想，在一种状态包含的两种状态之中，在两种存在之中，这两种存在被一种普遍而永久的力量汇集在一起：一种存在无始，另一种存在无终；它没有上，也没有下；既无限度，又无方向。

纳 我的女主人，我们通过科学的研究和感觉的体验，了解我们的灵魂凭借想象、我们的心灵通过渴望所体验的东西，这一天会来临吧？我们会确认在死后精神主体的存在，同时确认某些自然奥秘，以便我们用纯知识之手触觉到我们现在用信仰之手所触觉到的东西吗？

阿 是的，那一天会到来的。不过，那些以一种感觉获知纯粹真理的人们是大大陷入迷惑中了，而且还对那真理继续怀疑，直至他们有其他感觉。那些聆听鸵鸟鸣啭，观察它飞来飞去的人是多么奇怪啊！他们却对听到的和看到的表示怀疑，直至手抓住鸵鸟为止；那些幻想着美丽的真理的人是多么奇怪啊！他们企图让它具体化，将其放入表面的模式之中，如果不适合，便怀疑理想，否认真理，模糊完美！那些想象着一件事，描绘了形状和外观，当无法用表面的尺度和言词的凭据确定时，便怀疑那想象是幻觉和空想的人是多么愚蠢啊！他若稍微深入一下，思索片刻，便会了解想象是尚未具体化的现实；而思索是高尚的知识，比那些用一系列数据禁锢起来的东西要高明，比用言辞的樊笼囚禁起来的东西更广阔。

纳　每一个想象都有现实吗？我的女主人，所有的思索中都有知识吗？

阿　是的，确实是这样。心灵之镜反映竖在它面前的东西，即使它不情愿，也做不到。平静的湖让你看到它的深处的山峦，树木的图案，云彩的形状，即使它不愿意，也做不到。灵魂中的细胞不会传回永恒世界不为之真正颤抖的声音的回声，即使细胞不愿意，也做不到。光明不会将无本质的东西的影子投在地上，即使光明不愿意，它也办不到。信仰一样东西，就是了解这样东西：信仰者以其精神的视觉看到研究者和探索者用肉眼所看不到的东西，以其内在的思维理解了研究者和探索者以模仿式思维所无法理解的事物；信仰者以不同于所有其他人所用的感觉体验了神圣的真理，其他人则认为那是一堵密实的墙，边走边说："这座城市没有门。"

（阿莱维娅站起来，朝纳吉布走去几步，以简洁的语气说道：）

阿　信仰者每日每夜生活着，而无信仰者则生活几秒钟。那些只把手举到眼前，只看到鼻子下面一点事的人的生活范围是何其狭窄啊！我又是多么同情那些把背冲着太阳，只看着自己的影子的人啊！

纳　（站起身，觉得自己离开这里的时间已经不远了）我的女主人，当我回到人们那里时，我对他们说："有高柱的伊赖姆是精神理想之城，阿米娜·阿莱维娅通过向往之道去了那边，从信仰之门进去的。可以吗？"

阿　你就说，有高柱的伊赖姆是有着山峦，森林、海洋和沙漠的实际

存在的城市；你还要说，阿米娜·阿莱维娅在经过空旷的荒芜之地时，忍受了饥饿的痛楚、干渴的灼烤、孤独的悲哀和隔离的恐惧，才到了那里。你要说，历代的强有力的人物将世界上一切结晶的元素用来建造有高柱的伊赖姆，并未挡住不让人看，而是人们自己挡住了自己的眼睛才看不见它；若有人想抵达那里，因路途艰险而怀疑向导和赶骆驼的人时，你就对人们说："谁不点起自己的夜明灯，在黑暗中见到的只有黑暗。"

（她仰脸朝天，闭上眼睛，显露出同情和满意的神色。）

（纳吉布低着头靠近她，沉默片刻，吻着她的手，低声说：）

纳 太阳落山了，我该回人们的住处了，要不路上太黑了。

阿 在光明之中走，靠着真主的保佑走。

纳 我的女主人，我将擎着你交到我手中的火炬走。

阿 你凭着风刮不灭的真理之光走吧。

（她向他投去满盈着母爱的长长的一瞥，然后转过身来，走入林间，直至看不见）

泽 （靠近纳吉布）你现在去哪里？

纳 去我朋友家，离阿绥泉不远。

泽 你是否允许我陪你去？

纳 非常愿意，但是我想你在阿米娜·阿莱维娅身边，会列入有福者的行列，我还是希望你留步。

泽 我们只能远远地借太阳光生活，但是谁能在太阳中生活呢？（意味深长地）我每周来一次，以求得福受益，武装自己，晚间回来就心满意足了。

纳 我希望所有的人每周都能来一次，带着福气、安详和满意回去

（纳吉布调转头，在泽因·阿比丁身边走过。幕落。）

我的沉默是歌唱

我的沉默是歌唱，
我的饥饿是消化不良。
在我的干渴里有饮水，
在我的清醒里有酒醉。
我的苦闷里有喜宴，
我的远离里有相遇。
在我的隐秘里有发现，
在我的外观里有遮蔽。
我多少次抱怨诉苦，
我的心以苦恼为荣。
我多少次流泪哭泣，
我的嘴却软弱无力。
我多么希望交友，
朋友就在我身边。
我多么需要权势，
而权势就在我的手里。
漆黑的夜也许把希望
撒向我的梦中，
而晨曦把它
聚敛在一起。
我对着心中的明镜，
望见自己的身体。
我发现它是一个灵魂。
被思想紧紧包围。

让我劳累的和使我舒畅的，
都在我这里共居。
死亡和安息，复苏与奋起，
都在我这里。
假如我没有活过，
我便不会死去。
假如我没有过希冀，
便不会同坟墓相遇。
当我询问心灵，什么是
汇集我们希望的时世？
它回答：
我——便是那时世。

喂，与我们为敌的人

与我们为敌的人啊，
我们的罪过就是我们的理想！
这些盛在杯中的佳酿，
我们怎么能让诽谤者去分享！
它是大海，它的高潮
是我们的沉默，
它的低潮
是我们笔中的墨！

你们与昨日为邻，
我们倾心于晨曦微露的日子。
你们向往往昔的岁月，
我们则追随着希望的幻影。
你们在大地上到处奔波，
我们则飞翔在太空！
你们责备、辱骂、诅咒、讽刺，
用诉讼扰乱我们的生活；
你们压迫、伤害、扔石块、施酷刑，
我们的精神是不受欺辱的宝石。

我们，我们是行星，
在光明和黑暗中均不逆行。
你们若认为我们是天空中的缺陷，
你们的言词却无法弥补！

喂，心灵

喂，心灵！
假如我不追求永恒，
　　便无法领悟世代的旋律，
只能被迫地结束我的现在。
我的外观变成
　　与坟墓为伴的秘密。

喂，心灵！
假如我不曾用泪水沐浴，
　　也不曾用憔悴化妆眼睑，
定会盲目地生活。
目光中闪烁着胜利，
　　我见到的仅是漆黑一团。

喂，心灵！
生活就是夜晚，因黎明告终，
　　黎明是永恒。
我心中的干渴是证明，
在仁慈的死神经过的地方，
　　定会有甘泉。

喂，心灵！

假如无知者说“精神似肉体，

　　逝去永不回”，

请对他说：“鲜花会凋谢，

　　根却永存，有不朽的性质。”

帷幔后的国度

这就是黎明，你起来，
让我们离开这没有朋友的地方。
植物也许不愿自己的花瓣，
与玫瑰牡丹不同；
清新的心岂能
和陈腐亲近?

这就是黎明，它在呼唤，
请听，让我们跟着它前进。
尽管黄昏称黎明是它的象征，
我们已对它感到厌烦。

我们把生命交付给谷地，
那里徘徊着忧郁的思绪。
我们目睹了种种失望，
似鹫枭盘旋在山梁。
我们饮的溪水是灾患，
我们吸的果浆有毒剂。

我们把忍耐当作衣裳，
衣裳被焚，只留灰烬。
我们将柔顺看成靠枕，
睡梦中，它变成干草荆棘。

啊，自古被帷幔遮蔽的国度！
如何寻求你，通过哪条路途？
哪块荒原，哪座高山挡住去处，
我们之中哪位能引路？
你是沙漠中的海市蜃楼，
还是被追寻的不可能的心中的企图？

你是心间飘忽的睡梦，
心灵觉醒，梦幻消失；
还是沉入黑暗大海之前，
西下夕阳中流逝的云彩？

啊，思维的国度！起始的摇篮！
你们崇拜真理，为美祈祷。
我们乘车、驾船、骑马巡游，
到处把你追求。
你不在东方，不在西方，
不在南边，也不在北疆；
你不在空中，不在海上，
不在平原，也不在山冈；
你是灵魂中的火与光，
你是胸膛里搏动的心脏。

老年人的激情

爱的时光啊，青春已逝，
岁月如疏影悄悄隐藏。
往昔被幻想写在湿纸上，
又如行行字迹被抹光。
欢乐犹存，所剩无几，
岁月已被痛苦损伤。

我们热恋的变成失望逝去，
我们追求的已被厌弃；
昨日担忧的如同梦幻，
于夜间和拂晓飘逸。

爱的时光呀，对心灵永恒的希望，
是满足于回忆历代？
是见到瞌睡抹去吻的痕迹，
玫瑰色的脸颊已感到厌倦？
还是厌烦正步步紧逼，
让我们忘却肢体的迷醉和希冀？

死神使我们变聋，
耳朵本可听到黑夜的呻吟和寂静之曲。
坟墓使我们眼目昏晕，
它原能看到坟墓中的秘密。

我们喝了多少杯，
杯盏在斟酒者手中如火炬闪光！
嘴唇聚敛了金曲和情调，
供我们享乐！
我们吟诗，
天上星宿听到心灵之声！

岁月逝去如鲜花凋零，
这都发生在降雪的隆冬。
时光之手创造的精品，
被苦难悄悄掠去……

假如我们知道，
便不会在夜晚卧床睡觉，
假如我们知道，
便不会空虚忧愁片刻；
假如我们知道，
便不会放弃爱的时光分毫。

我们现在已经知道，
只是直觉已喊出“起来，快跑！”
我们听见并且记住，
坟墓正在发出“过来”的呼叫！

以上帝发誓，我的心

以上帝发誓，我的心！
对认为你将有所获的人，
掩盖自己的爱情，
藏起自己的抱怨。
　　谁泄露秘密，
　　恰似糊涂虫。
　　沉默和稳重，
　　恋人最相宜。

以上帝发誓，我的心！
假如有人问：
“什么使你烦恼？”
你要守口如瓶。
　　心儿啊，他们若问；
　　你所爱的在哪里？
　　你就说：“她已抓住别人的心！”
并显出自己很高兴。

以上帝发誓，我的心！
忍住你个人的痛苦。
令你憔悴的，正是令你
康复的药品，要知道
　　爱在灵魂里，
　　似酒在杯中。

看似淡如水，
内藏喘息声。
以上帝发誓，我的心。
快禁锢你的痛苦！
假如大海喧嚣或天宇坍塌，
你获平安。

夜之歌

夜晚寂静，
　　寂静中隐藏着梦想。
圆月明亮，
　　月亮的眼睛寻找白昼。

快来，田家女，
　　让我们相会在情人园。
也许，甘甜的葡萄汁，
　　能浇灭情思之火焰。

请听，田园边的夜莺，
　　奏出许多旋律。
小丘上，微风吹，
　　芬芳沁入天际。
姑娘，请别怕，
　　星星会隐藏消息。
果园里雾迷漫，
　　遮盖了许多秘密。

姑娘，请放心，
　　精灵的妻子正在魔洞里，
昏昏欲睡，白杨树眼睛，
　　也难以得见。

精灵王如路过，
　　会恋恋不舍地离开，
他像我一样正在热恋，
　　为怎样表白积忧成疾。

大　海

在沉静的深夜，
人类于帐幔后觉醒。
森林大叫："我是力量——由太阳自土地深处培养。"
　　大海保持沉默，
　　心想："力量归于我。"

岩石说："我是指向清算日的路标，
时光之手将我建造。"
　　大海保持沉默，
　　心想："象征属于我。"

风暴说："我多么稀奇。
把天空同云雾分离。"
　　大海保持沉默，
　　心想："风暴属于我。"

河流说："我是多么甘甜的饮料，
灌溉着大地的枯焦。"
　　大海保持沉默，
　　心想："河流属于我。"

山岳说："我屹立，
似星辰置身苍穹。"
　　大海依然沉默，

心想：“山岳属于我。”

思想说：“我是国王，
我的财富世上无人能比。”
大海沉睡，
在梦中说：“一切皆属于我。”

乹　鸟

乹鸟啊，请歌唱！
唱歌是存在的秘密。
但愿我同你一样，
从囚禁和镣铐中解放。

但愿我同你一样有生气，
在山谷上空翱翔。
我在苍穹中，
畅饮光明的琼浆。

但愿我像你一样，
纯洁，满足，欢畅。
面对未来，
把过去遗忘。

但愿我同你一样，
机敏，漂亮，辉煌。
迎风展翅，
羽翼上的露珠闪亮。

但愿我同你一样，
在高原上神思遐想。
我纵情歌唱，
歌声在绿林彩云间飘荡。

鸤鸟啊，欢唱！
驱走我心中的惆怅。
你声中有声，
我耳中有耳。

雄狮巨人

夜深人静，一个黑色巨影，
在缓缓而行。
他孤身一人，
如大地创造的唯一主宰。

他脚踩土地，尘土飞扬，
如云彩掠过废墟之上。
身上裹着光和雾
织成的衣裳。

我说："挡住黑夜去路的幻影！
你是人还是妖精？"
他气恼并嘲弄地回答：
"我是命运的阴影。"

我说："不，幻影！命运死了，
在产婆接生我的那一天。"
他惶然地说："我是那爱情，
生活只接纳获得它的人。"

我说："不，爱情是鲜花，
春天之花凋零便不再存活。"
他发怒，声如大海喧闹：
"我是令人生畏的死神。"

我说："不，死亡是黎明，
一旦降临，便将昏睡者唤醒。"
他得意地说："我是荣誉，
得不到者便因病丧生。"

我说："不，死亡是阴影，
消失在殓衣和坟茔。"
他困惑地说："我是秘密，
在灵魂和肉体间蹒跚而行。"

我说："不！思想一旦觉醒，
秘密似梦消失无影。"
他焦躁地说："够了，别问我是谁！"
我说："难道还要责难爱打听？"

他掩饰道："我就是你，
别向天地去打听。
若想知道我是谁，
早晚看镜便知情。"

他说完，如风逐烟云，
迅即消失不见。
我留在夜间的阴影中，
浮想联翩至天明。

如果你们编织

如果你们用怀疑编入我的白昼，
假如你们把责备织进我的夜晚，
也毁不掉我坚固的忍耐之塔，
夺不走我杯中的醇酒。
我生命里有宁静的住宅，
心田上有和平的庙宇。
谁享用命运的食物，
便不羞于品尝梦境的滋味。

名　声

在落潮后的沙地，
我写下一行字迹。
寄托了我全部的
精神和智慧。

涨潮时，我返回原地
为了阅读而寻觅，
在岸边，我只见到
自己的愚昧和无知。

昔　日

昨天属于我的心已死去，
它给人们欢乐，自已去安息。
我生命中的一个时代已完结，
经过赞颂、抱怨和哭泣。
爱情似天上的星，
于晨光中失去光辉。

爱情的欢乐是短命的空想，
爱情的美好似幻影难以存留。
爱情的信约是梦想，
理智清醒时它便消失。

多少个不眠之夜我冥思苦想，
思念使我无法入睡。
欣悦的遐想护卫我的床榻，
它说："别靠近，不许睡！"
疾病对我耳语：
"有志者不抱怨疾病。"

那些日子已经过去，我的眼睛啊，
为同睡眠相见而高兴，
心啊，你要小心，
别提过去的事情！

每当晚风吹拂，
我便欣喜地手舞足蹈。
每当乌云密布降下暴雨，
我以雨水斟满我的酒杯。
每当圆月升起，她挨着我，
大叫：“月亮，你怎么不害臊？”

这一切都已过去，
如云消雾散。
忘却抹去了我的往昔，
叹息松弛了爱的情结。

同胞们，假如苏阿德那女人，
向青年人打听一个失恋者，
你们就告诉她，远去的日子
浇灭了我的生命之火。
灰烬代替了烈焰，
遗忘抹去了痛哭流涕的痕迹。

她若生气，你们不要恼怒，
她若哭泣，你们应当怜悯，
她若微笑，你们不必奇怪，
所有的恋人都是这种情形。

但愿我知道，对于恋者或情侣，
往昔能否重现或追寻？
我的心沉睡后会不会苏醒，
让我一睹过去可怕的面容？
九月的耳际覆盖着霜叶，

还能否领悟春天的旋律?

不，我的心不会复活，
不，砍伐后的木材不会返青。
被镰刀割过的花茎，
收获者的手不让其重生。

我身体中的灵魂已衰老，
只见到岁月的幻影。
心中的历程如果延长，
倚靠的是忍耐坚强。
在知命之前，
愿望压得我步履踉跄。

这就是我的状况。 拉结①如问：
“他有何不幸?”你们说：“痴情。”

① 拉结是《圣经》中人物。

小溪说什么

清晨来临，我走在谷地。
拂晓公布世界永恒的秘密。
山涧里流出一条小溪，
欢歌、呼唤、一展胸臆：

生活不是安逸，
而是追求和希冀。
死亡不是歌曲，
而是失望与衰微。
智者不在于言语，
而在于其隐含的奥秘。
伟人不在地位，
荣誉在于不求权力。
高尚不因世袭，
多少贤者因先人丧命。

卑贱不因镣铐，
镣铐比项链更高贵。
幸福不因蜂蜜，
天堂就在健全的心灵里。
地狱不因酷刑，
空虚的心更甚于地狱。
财产不因其占有，
多少富人沿街讨乞。

美丽不在外貌，
俊雅是内心的辉耀。
完美不专属清廉，
坏事也能变成恩惠。

这就是小溪吐露的心曲，
左右岩石听分明。
它所说的一切，
大约都是大海的秘密。

图书在版编目(CIP)数据

暴风雨 /(黎巴嫩) 纪伯伦(Gibran,K.)著;关偁等译.
—北京:中央编译出版社,2011.10
(纪伯伦全集)

ISBN 978-7-5117-0955-4

Ⅰ.①暴… Ⅱ.①纪… ②关… Ⅲ.①散文诗—诗集—黎巴嫩—现代 Ⅳ.①I378.25

中国版本图书馆 CIP 数据核字(2011)第 155922 号

暴风雨

出 版 人:和 龑
策　　划:韩慧强
责任编辑:刘文利
责任印制:尹 珺
出版发行:中央编译出版社
地　　址:北京西城区车公庄乙 5 号鸿儒大厦 B 座(100044)
电　　话:(010)52612345(总编室) (010)52612363(编辑室)
(010)66130345(发行部) (010)66509618(读者服务部)
(010)66161011(团购部) (010)52612332(网络销售部)
网　　址:www.cctpbook.com
经　　销:全国新华书店
印　　刷:北京瑞哲印刷厂
开　　本:880×1230 毫米 1/32
字　　数:130 千字
印　　张:7.25 **插页**:8
版　　次:2011 年 10 月第 1 版第 1 次印刷
定　　价:30.00 元

本社常年法律顾问:北京大成律师事务所首席顾问律师 鲁哈达
凡有印装质量问题,本社负责调换,电话:010-66509618